ZONES NOIRES

W0271004

FRANÇOISE BACHMANN

LE GRAND ANGE ROSE DE STRASBOURG

FUNESTES DÉDALES

ÉDITIONS WARTBERG

Chapitre 1

Assis dans sa cuisine, Charles buvait son café et se régalait d'une tranche bien épaisse de *kougelhopf*. Le journal du dimanche 8 septembre 2013 était posé sur la petite table en formica. Charles était abonné aux *Dernières Nouvelles d'Alsace* depuis des années, mais il avait décidé de se passer des *DNA du lundi* pour faire une petite économie. Pour combler ce manque, le premier jour de la semaine, il lui arrivait de relire quelques passages du journal de la veille.

Ce matin-là, il parcourut rapidement les premières lignes d'un article sur l'ouverture de la Foire européenne de Strasbourg. Cette année, le pays invité d'honneur était le Viêtnam. En fond sonore, la radio était allumée et, lorsque les informations du jour débutèrent, Charles les écouta avec attention. En France, un syndicat de police appelait à une journée de grève des PV pour infractions légères en signe de protestation contre la réforme pénale portée par Christiane Taubira. Celle des rythmes scolaires faisait, elle aussi, gronder les mécontents. Près de la place Vendôme, à Paris, des bijoux d'une valeur estimée à près de deux millions d'euros avaient été volés lors d'un casse. Et l'Europe, ne souhaitant pas s'engager dans le conflit syrien, n'envisageait aucune intervention militaire.

Charles prit encore le temps d'écouter la météo – 21 °C prévus à Strasbourg dans l'après-midi – et l'histoire d'une toile de Van Gogh, datant de 1888 et découverte dans le grenier d'un collectionneur. C'est en pensant à ce *Coucher de soleil à Montmajour* qu'il se leva et rinça son bol à café destiné à être utilisé en semaine. Les dimanches et jours de fête, il sortait du buffet style Henri II une grande tasse et une soucoupe en porcelaine du service de table Obernai.

Chaque pièce avait sa place dans ce meuble : les assiettes et leurs décors composés d'Alsaciennes, de bergers, d'oies, de chevaux et de maisons à colombages semblaient figés depuis des années, en attente d'invités qui ne viendraient peut-être jamais. La dernière fois que Charles avait reçu chez lui un vieil ami, ils avaient déjeuné dans les assiettes en pyrex, s'étaient assis dans les fauteuils recouverts de tissu à grandes fleurs et avaient parlé de leurs souvenirs, du temps où ils étaient pensionnaires au Petit Séminaire de Walbourg. C'est là que s'amorçaient les futures vocations sacerdotales. Charles avait fini sacristain. Son ami Georges était devenu épicier.

Mais l'heure tournait et Charles n'aimait pas arriver en retard à son travail. Il était près de 6 heures lorsqu'il enfila son blouson sur sa chemise à carreaux, mit son béret beige et prit sa vieille sacoche en cuir. Il ferma la porte de son deux-pièces situé au premier étage, descendit l'escalier en bois qui craquait sous ses pas et sortit de l'immeuble de la rue du Vieil-Hôpital. Il prit la rue des Tailleurs-de-Pierre et y croisa le patron de la *Winstub Zehnerglock* où il allait manger de temps à autre. Il accéléra le pas et tourna à droite, puis à gauche dans la rue des Cordiers, qui rejoignait la rue de Rohan où se trouvait le presbytère de la cathédrale Notre-Dame de Strasbourg. C'est là qu'il récupérait les clés de la sacristie et son tablier de travail gris. En entrant dans le bâtiment, il entendit la voix de Suzanne, la femme de ménage. Elle fredonnait un air d'opéra italien.

– Bonjour Suzanne !

– Charles ! Ça va, tu as passé un bon week-end ?

– Oh, je n'ai rien fait de très spécial. J'ai rangé mes papiers, hier j'ai suivi la messe de 9 h 30, évidemment… J'ai vu mon collègue Raymond, j'étais bien content qu'il travaille ce week-end, j'ai pu me reposer. Et toi ?

– Oh ! La routine, sauf hier. On a fait un tour à la Foire européenne avec mon mari et les enfants. Il y avait un monde fou. J'ai beaucoup aimé les vêtements traditionnels en soie qu'on porte au Viêtnam et...

– Ah oui ! J'ai lu ça ce matin dans le journal. Bon, je vais y aller.

– D'accord. Tu n'as pas oublié que c'est toi qui ouvres la cathédrale cette semaine ?

– Ne t'inquiète pas, je m'en occupe. Allez, bonne journée !

– Une dernière chose, Charles : l'alarme est toujours en panne, donc ce n'est pas la peine de la couper. Quelqu'un doit passer dans la journée.

– Très bien, merci de m'avoir prévenu. Salut Suzanne !

Charles quitta le presbytère vers 6 h 15 pour rejoindre la place de la Cathédrale, qui était à deux cents mètres. Il passa par la place du Château et se dirigea vers le côté nord de la cathédrale. La sacristie se trouvait entre le portail Saint-Laurent et le Grand Séminaire. Comme d'habitude, il se signa en entrant, après un regard vers le crucifix, puis vers la photo du pape et celle de l'évêque du diocèse. Il sortit du placard la chasuble et l'étole destinées au prêtre de la messe de 7 h 30 qui avait lieu tout près de la sacristie, à la chapelle Saint-Jean-Baptiste. Puis il prépara le calice et le ciboire.

Sur la table en bois, un mot signé de la main de son collègue Raymond lui était destiné : « Cher Charles, aurais-tu la gentillesse de changer les bougies de la crypte ? Merci à toi. » Ce serait fait. Mais auparavant, dans la chapelle Saint-Jean-Baptiste, il lui fallait préparer l'autel, déposer le calice au bon endroit et l'envelopper de tissu pourpre, vérifier les lumières qui allaient narguer les recoins obscurs et illuminer le christ en croix... Tâches qu'il accomplissait avec le plus grand soin, depuis des années. La cathédrale, c'était un peu son second domicile. Il y avait passé tant d'heures !

Charles jeta un œil à sa montre : il était 6 h 40. Il prit un lot de bougies neuves dans la réserve de la sacristie et descendit les marches menant à la crypte. Il crut entendre un raclement de gorge près de la chaire, mais il n'y avait personne à cette heure matinale : l'édifice était encore fermé. Il passa à côté des colonnes en grès rouge et gris. En s'approchant de la voûte pour regagner la niche et l'autel, il s'arrêta net.

Au sol, derrière l'autel, un homme était couché sur le dos. Il semblait sans vie, le regard de la mort figé vers l'ange du vitrail et les bras ouverts. D'innombrables petites taches noires couvraient sa peau.

Pendant quelques instants qui lui parurent interminables, Charles resta immobile. Il sentit une goutte de sueur perler à son front. Puis, ses jambes se mirent à trembler. Il ne comprenait rien. Comment était-ce possible, ici, dans des lieux qui représentaient pour lui la grandeur, la grâce et la paix ? Il tenta de se ressaisir, mais ne put s'empêcher de regarder une nouvelle fois le corps de l'homme ; il crut reconnaître son visage. À côté de son bras droit, on pouvait lire quelques lettres maladroitement esquissées sur la pierre, deux mots – *Mars Veritas* – et un troisième, visiblement incomplet – *Tem* – qui se prolongeait d'un trait, peut-être celui du trépas. Un chandelier avait été renversé au pied de l'autel. En regardant autour de lui, il repéra un objet au pied d'une colonne, un peu plus loin : une étrange petite croix attachée à une fine cordelette.

Depuis quand le mort était-il couché ici et pourquoi se trouvait-il dans cette cathédrale ? Pourquoi tout cela ? Charles sentit la panique s'emparer de lui. Il ne fallait toucher à rien. Il décida de retourner au presbytère pour prévenir tout le monde, l'archidiocèse, l'archevêché, la police... Il voulut hâter ses mouvements, mais la stupeur les ralentissait. Il avait du mal à avaler sa salive, l'air qu'il respirait avait l'odeur nauséabonde du sacrilège, et la lumière tamisée propre à cet espace qu'il connaissait bien s'était transformée en ombre effrayante.

C'est avec beaucoup de peine qu'il réussit à quitter la salle voûtée. Il entendit les cloches sonner le quart dans la haute tour. Il était 6 h 45.

Il referma la sacristie à clé. Le prêtre n'était pas encore arrivé. L'air du dehors lui fit du bien. Il marcha vite. En ouvrant la porte du presbytère, haletant et nerveux, il appela Suzanne ou quiconque pourrait entendre son appel au secours.

– Vite, il faut faire quelque chose ! Il y a un mort dans la crypte ! Il est couvert de taches noires, c'est un meurtre !

– Charles, mais qu'est-ce qui t'arrive ? demanda Suzanne qui descendait du premier étage.

– Où est le prêtre, l'archiprêtre ? Où est l'intendant ? Il faut m'aider. Il faut appeler la police !

Une porte s'ouvrit. André, le prêtre chargé de l'office du matin, se dirigea vers Charles et tenta de le calmer.

– Charles, tu dis qu'il y a un problème à la crypte ?

– Oui, un homme assassiné, couché derrière l'autel, avec plein de taches noires sur lui, répondit le sacristain.

– Allons-y ! Suzanne, expliquez ça à René et dites-lui d'appeler la police. On les attendra à la cathédrale, ils entreront par la sacristie.

Suzanne ne perdit pas une seconde et alla trouver René, l'intendant, qui était arrivé quelque dix minutes auparavant.

De leur côté, André et Charles prirent la direction de la cathédrale. Le sacristain, toujours sous le choc, refit machinalement le parcours jusqu'à la crypte qui, à présent, lui paraissait lugubre et menaçante.

À la vue du corps sans vie et couvert de taches noires, le prêtre eut d'abord un mouvement de recul, mais ne put que constater le drame. Puis, il se signa en disant une prière pour le défunt.

– Surtout, ne touchez à rien, chuchota Charles.

– Ne vous inquiétez pas, la police va arriver et...

– Vous avez vu ces mots sur la pierre ?

– Oui, c'est du latin, le pauvre n'a pas eu le temps de tout écrire. Mais que faisait-il dans la cathédrale ? Que s'est-il passé ?

– Venez par là, il y a une croix...

Charles chercha l'objet, en vain. André mit cela sur le compte de l'émotion intense et de la fatigue, mais le sacristain était sûr de lui.

– Je vous assure, monsieur le curé, il y avait une croix un peu spéciale accrochée à une cordelette. Je n'ai pas rêvé, je ne suis pas fou.

André se dit que s'il disait vrai, cela signifiait que le meurtrier se trouvait encore dans la cathédrale ou qu'il avait eu le temps de s'enfuir au moment où Charles avait découvert le cadavre. Les deux hommes se regardèrent. Ils pensèrent la même chose, mais, également, qu'il ne fallait pas céder à la panique. Pourtant, que faire ? Ils choisirent de retourner à la sacristie. Malgré leur peur contenue, il leur fallait agir et réagir : ils savaient déjà que les conséquences de cet horrible événement allaient être de taille. Il n'était évidemment pas question d'ouvrir la cathédrale au public. Ils préparèrent rapidement des affiches de fortune – Fermeture exceptionnelle de la cathédrale. Merci de votre compréhension.

Charles les apposa sur le portail occidental. Fort heureusement, les premiers visiteurs du jour n'étaient pas encore arrivés. Seuls quelques fidèles attendaient de pouvoir se recueillir avant le début de l'office. Charles discuta un court moment avec eux, réussit à contourner leurs questions et les pria de repartir tranquillement.

Pendant ce temps, André n'avait pas bougé. Il avait récité des *Notre père* pour mieux guider son esprit. Mais les questions se bousculaient dans sa tête : comment pouvait-on commettre pareil crime ? Pour quelles raisons ? Et quel rapport y avait-il entre Mars et la vérité ? Pour commencer, quelle vérité ?

Le retour de Charles le soulagea. Tous deux se mirent à guetter l'arrivée de la police. Quelques minutes plus tard, ils entendirent le bruit assourdissant de l'urgence et virent les lumières bleues des gyrophares.

Le curé marcha vers le portail Saint-Laurent et se retrouva nez à nez avec trois policiers. Parmi eux, il y avait Antoine Meyer, un lieutenant de la police judiciaire de Strasbourg. Du haut de son mètre 85 et de ses 34 ans, il avait rejoint la PJ de la capitale alsacienne huit ans auparavant. Si ses yeux gris ne passaient déjà pas inaperçus, il avait aussi un signe vestimentaire bien à lui. Il portait toujours un chèche qu'il parvenait à marier subtilement à ses tenues. Celui du jour était bleu outremer et accompagnait son jean, sa chemise blanche et son blouson en cuir noir.

– Bonjour ! Lieutenant de police Antoine Meyer, voici mes deux collègues, Valérie Dufresne et Nicolas Herzog, qui vont m'aider à faire les premières constatations.

– Bonjour lieutenant, bonjour madame, bonjour monsieur, je suis André Bur, le prêtre. C'est affreux, un vrai cauchemar...

– C'est vous qui avez découvert le corps ?

– Non, c'est Charles, le sacristain. Moi je suis arrivé plus tard, pour la messe du matin, répondit André.

– Vous êtes Charles, je suppose, dit Meyer sans vraiment attendre de réponse.

– C'est ça, murmura l'intéressé en s'inclinant maladroitement.

– Meyer, police judiciaire. Si j'ai bien compris, le corps est dans la crypte. On y va, dit-il en regardant Dufresne et Herzog.

– Oui, inspecteur, suivez-moi. Vous allez voir, c'est une grande tragédie. Et il faut que je vous dise...

– Vous allez rester ici. Vous me donnerez toutes les informations dont j'ai besoin tout à l'heure. Je veux d'abord voir où se trouve la victime.

Meyer et ses collègues avaient revêtu les équipements adéquats. Dufresne et Herzog commencèrent à dresser les premières constatations. À ce stade, il était difficile de confirmer qu'il s'agissait bien d'un crime. Pour avoir été plusieurs fois à la librairie Argentoratum, Valérie reconnut la victime, qui n'était autre que le malheureux libraire Simon Braun. Antoine observa attentivement la position du corps et arrêta son regard sur les mots écrits par terre. Il fit légèrement glisser la paume de sa main gauche le long des deux pans de son chèche noué, un geste qu'il faisait à chaque fois qu'il se lançait dans une réflexion profonde ou lorsqu'il était sur le qui-vive. On prit des notes et on déroula le ruban jaune « Scène de crime ». Chaque détail avait son importance et pouvait constituer un indice. On examina la statue dorée, le pupitre, le micro sur pied et la croix de l'autel. Quelques minutes plus tard, un technicien arriva pour prendre des photos. Il faisait tour à tour des prises de vues larges et rapprochées. Il dessina également un plan de la scène du crime. Ses collègues de la PJ l'aidèrent à utiliser son matériel pour détecter des traces de chaussures, d'empreintes, de débris organiques ou de substances chimiques. Le technicien examina l'ensemble de la crypte, ses coins et recoins, le côté oriental tout comme la partie où se trouvait le corps.

La victime portait un pantalon en toile et un polo noirs ainsi qu'une veste bien taillée couleur anthracite et des mocassins en daim. Il avait les cheveux gris, était de corpulence moyenne et portait une alliance. Une carte d'identité trouvée dans sa veste indiquait qu'il s'agissait bien de monsieur Simon Braun. Antoine nota qu'il habitait dans le quartier du Conseil des XV. Il avait 63 ans. Parmi ses papiers se trouvaient aussi des cartes de visite qui indiquaient qu'il tenait bien la librairie Argentoratum à Strasbourg. Antoine la connaissait de nom, mais n'y avait jamais mis les pieds. Quant au nom de Braun, il ne lui disait pas grand-chose.

À ce point de l'enquête, il s'interrogeait avant tout sur la présence de cet homme à la cathédrale. Quand, comment et pourquoi y était-il entré ? Selon toute vraisemblance, il y avait passé la nuit. Mais avec qui ? Le lieu du crime avait pour lui une importance capitale dans cette affaire et n'était en rien dû au hasard. Il comptait bien entendu sur les conclusions du médecin légiste et les résultats des différentes investigations scientifiques pour faire avancer l'enquête.

Le lieutenant Meyer quitta un moment la crypte et s'arrêta dans la nef centrale. L'immensité de la cathédrale était à la hauteur de l'étrangeté de ce meurtre. Il avait travaillé à résoudre bien des affaires, mais celle-ci était différente de tout ce qu'il avait connu jusque-là. Jamais il n'avait éprouvé un tel sentiment d'incertitude et de solitude. Dès qu'il avait vu le corps de Braun, il s'était senti désorienté et avait eu l'impression d'entrer dans un labyrinthe à étages dont il ne trouverait peut-être pas la sortie. Il pensait aussi à l'impact que cette affaire aurait sur la ville, la région et ses habitants. Il fit légèrement glisser la paume de sa main gauche le long des deux pans de son chèche noué.

En arpentant les différentes parties de la cathédrale Notre-Dame, il se dit qu'il n'en connaissait rien, ou presque. Il y était entré une première fois il y a fort longtemps avec ses parents, ce qui lui avait principalement laissé le souvenir de l'horloge astronomique et des automates. Une autre fois, des amis parisiens avaient tenu à y faire un tour et il se souvenait que la beauté de l'ouvrage les avait impressionnés.

Antoine Meyer regarda autour de lui. Une lumière frêle révélait les couleurs des vitraux. Les murs sans fin, le chœur silencieux et les chaises vides semblaient laisser planer un mystère. Antoine se dit que c'était là que s'était jouée la scène, ici, dans la nef centrale ou près du portail occidental, dans l'une des chapelles ou dans l'abside. Où chercher d'autres indices alors que chaque jour, de nombreux visiteurs foulaient le sol de l'illustre édifice ? Avec qui se trouvait Braun ? Lui et son meurtrier étaient probablement entrés dans la cathédrale en début de soirée, hier dimanche. En effet, l'édifice restait fermé entre 19 heures et 7 heures du matin. Il fallait également comprendre le sens des mots *Mars Veritas Tem...* qui pourraient peut-être aider à trouver le mobile.

Antoine marcha de long en large. Ses pas cadencés traduisaient tous ses questionnements. Il s'agissait de trouver et d'assembler les pièces d'un puzzle complexe : il se sentit à la fois grisé et inquiet. Il fit une halte devant la chapelle Saint-Laurent, puis retourna à la crypte. Un médecin était arrivé pour constater le décès, qu'il situa entre minuit et deux heures du matin. Au premier abord, il n'y avait pas de traces de lutte et le corps ne semblait pas avoir été déplacé. Le médecin en fit part au lieutenant Meyer, qui l'écouta attentivement. En outre, il n'avait jamais vu ce genre de taches noires recouvrir le corps d'un cadavre. Antoine se dit que ce n'était que le début de l'enquête et il comptait énormément sur les résultats des analyses et les interrogatoires des proches de Simon Braun.

Le technicien scientifique poursuivait son travail. Antoine demanda à ses deux collègues de prendre des lampes-torches et d'examiner la nef centrale, le narthex, la croisée du transept et l'abside. Puis il alla rejoindre Charles et le curé Bur à la sacristie. Le sacristain lui raconta comment il avait découvert le corps du malheureux. Ses yeux couleur noisette traduisaient de l'anxiété et ses mains, aux veines marquées, tremblotaient. Il parla aussi d'un raclement de gorge qu'il avait cru entendre et de cette croix qui se trouvait près d'une colonne de la crypte et qui avait disparu après son retour en compagnie du curé. Ce détail était bien entendu d'une grande importance et si Charles disait vrai, l'assassin avait quitté la cathédrale ce matin. Antoine envisagea l'idée qu'il puisse encore s'y cacher, mais sans y croire réellement. Il demanda cependant à ses collègues d'être vigilants. Si ses intuitions pouvaient souvent rejoindre la réalité, Meyer prenait toujours en compte plusieurs possibilités, même celles qui lui semblaient improbables. Son expérience lui avait déjà valu quelques surprises. Le monde du crime recelait de subtilités, ses acteurs avaient une imagination féconde, sans limites. Et Antoine pressentait que le cas Braun promettait son lot d'épisodes inattendus.

★

Protégé par l'anonymat, un homme était couché sur son lit. Il ne dormait pas. Il avait le regard fixe. Ses mains jointes n'appelaient en rien à la prière. Au contraire, elles dénonçaient une avide menace travestie par un calme apparent. Il détestait cet échec et une violente insatisfaction envahit son corps et son esprit.

Chapitre **2**

Dehors, la place de la Cathédrale et la rue Mercière s'animaient. Une femme habillée de noir marchait avec une canne. Deux jeunes filles faisaient allègrement claquer les talons de leurs chaussures sur les pavés. Des touristes levaient les yeux vers la façade et la rosace de la cathédrale et prenaient des photos. D'autres s'attardaient devant un magasin de souvenirs d'Alsace, de poupées de porcelaine, de bustes grecs et de trésors égyptiens.

Les terrasses commençaient à se remplir : un soleil généreux se mit à offrir aux corps et aux esprits sa chaleur bienfaisante. La présence de voitures de police, le périmètre de sécurité et les affiches informant de la fermeture de la cathédrale avaient suscité la curiosité des uns et des autres. Sous peu, la nouvelle allait se répandre aux quatre coins de Strasbourg, en Alsace, dans toute la France, outre-Rhin et peut-être bien plus loin encore. Mais pour le moment, « Le grand ange rose de Strasbourg » gardait en son sein le mystère de la mort de Simon Braun. Le Tentateur et les vierges folles, l'Époux et les vierges sages demeuraient alignés sur le portail, imperturbables, loin de toute culpabilité, de toute vertu.

Un peu plus loin, le presbytère était en pleine ébullition. On avait informé les hautes instances. La ligne téléphonique était sans cesse occupée. L'archiprêtre, l'intendant, quelques prêtres et trois diacres permanents travaillaient de concert pour informer, organiser et anticiper. La cathédrale étant fermée jusqu'à nouvel ordre, il fallait annuler les offices, les visites, les prières et les entretiens spirituels.

En apprenant la nouvelle, l'archevêque et les deux évêques auxiliaires du diocèse, horrifiés, en avaient rapidement saisi le poids : l'âme de la cathédrale Notre-Dame et ce qu'elle représentait seraient durement touchés. L'inquiétude qui avait gagné les membres du diocèse les poussa à échafauder des scenarii. Il était impossible de ne pas envisager l'hypothèse d'un danger pour l'Église, car les circonstances de la mort du libraire impliquaient un lien incontournable entre le lieu du crime et le mobile. Régulièrement, elle subissait des attaques caractérisées par des moqueries, des dégâts matériels, des courriers visant à son extinction ou des menaces reposant sur des invocations de nouveaux dieux. Mais il était rare que cela aille plus loin.

Désormais, pourtant, le cadavre d'un homme faisait partie de la mémoire séculaire de ce haut lieu strasbourgeois. Il fallait attendre les premiers résultats de l'enquête, rester attentif à tout signe préoccupant et agir en conséquence. On fit quelques prières pour la sauvegarde de la chrétienté et la protection de l'Église et de ses disciples.

★

Le lieutenant Antoine Meyer et sa collègue Valérie Dufresne arrivèrent rue de l'Observatoire vers 11 heures. Annoncer une mort, qui plus est dans pareilles conditions, est toujours une tâche délicate. La présence rassurante de Valérie était souvent bénéfique : Antoine pensa qu'une fois de plus, elle pourrait alléger la souffrance, aujourd'hui celle de madame Braun, ne serait-ce que de manière infime et passagère.

Lorsque Claudine Braun vit ces deux visiteurs inattendus se présenter, les traits de l'affolement se dessinèrent sur son visage. Et lorsqu'ils déclinèrent leur identité, le désarroi gagna son regard bleu.

– Il est arrivé quelque chose à mon mari, n'est-ce pas ?

– Oui madame, répondit Antoine.

Elle sentit ses jambes vaciller. Tout en répétant la même question, elle les pria d'entrer et les conduisit au salon du grand appartement cossu, situé au second étage, dans lequel elle vivait avec son mari depuis des années qu'elle ne comptait plus. Tous trois prirent place sur un confortable canapé d'angle, face auquel une immense bibliothèque couvrait l'un des murs. Sur le porte partition d'un piano droit noir verni était posé l'*Impromptu* numéro un en do mineur, opus 90 de Franz Schubert. Des tableaux représentant une nature morte, un paysage de campagne au coucher du soleil et un portrait de femme décoraient le tissu mural couleur champagne. Les fleurs des rideaux en chintz créaient une atmosphère de printemps continu.

Le visage de madame Braun était livide.

– Je tente de joindre mon mari depuis environ une heure. Que se passe-t-il ? demanda madame Braun, la peur au ventre.

– Nous devons malheureusement vous annoncer une terrible nouvelle. Votre mari a été retrouvé mort, tôt ce matin, répondit Valérie d'une voix qu'elle voulait la plus douce possible.

Madame Braun tressaillit de cette douleur qui jette corps et âme dans un étau suffocant, cette autre forme de mort qui vous laisse vivant pour un temps. Pour absorber les flots du chagrin, elle prit un paquet de mouchoirs, posé sur le guéridon en marqueterie de bois précieux. Antoine rattrapa à temps le pied d'une lampe Daum déséquilibrée par le cœur brisé d'une femme qui, en quelques minutes, semblait avoir vieilli de quelques années. Pendant un moment, Valérie et Antoine restèrent silencieux. Mais Claudine Braun se reprit :

– Mais pourquoi la PJ ? Il s'est passé quelque chose à la librairie ? Mon mari y est allé hier, vers 16 heures, il y avait eu beaucoup de clients la veille et il avait des choses urgentes à régler.

– C'est bien la librairie Argentoratum qui se trouve boulevard de la Victoire ? l'interrompit Antoine.

– Oui, une petite librairie, c'est à environ dix minutes à pied d'ici. Vers 19 heures, Simon m'a rappelée pour me dire qu'il y passerait la nuit. Il y a installé un lit d'appoint. Il faisait ça de temps en temps, quand il savait qu'il allait finir tard et qu'il n'aurait plus le courage de rentrer.

– Et vous avait-il dit vers quelle heure il serait de retour ce matin ? voulut savoir le lieutenant Meyer.

– Oui, hier soir, il m'a dit qu'il rentrerait vers 9 h 30. La librairie est fermée le lundi, nous devions passer l'après-midi ensemble.

Madame Braun eut un haut-le-cœur.

Antoine enchaîna :

– Et il ne vous a pas appelée ce matin...

– Non. J'ai essayé de le joindre une première fois vers 10 heures, à la librairie, mais ça ne répondait pas. Je me suis dit qu'il devait être en chemin. J'ai essayé une deuxième fois, un peu plus tard. Toujours pas de réponse...

– Avez-vous essayé de l'appeler sur son portable ? demanda Valérie.

– Mon mari n'a... n'avait pas de téléphone mobile, il n'aimait pas ça. Le téléphone de la librairie lui suffisait amplement. Il disait souvent que trop de gens sont esclaves de leur portable. Qu'est-ce qui s'est passé ?

Des larmes remplissaient à nouveau les yeux de Claudine Braun. Elle avait froid. Valérie lui toucha l'avant-bras. Antoine se décida à lui dire la vérité :

– Madame Braun, votre mari a été retrouvé dans la crypte de la cathédrale. Les premières constatations indiquent qu'il a été vraisemblablement empoisonné. Je suis désolé.

Les frêles épaules de Claudine Braun étaient soumises à rude épreuve. Elle n'arrivait pas à comprendre ce qui était arrivé à son mari. Tout ça n'avait aucun sens. Elle posa quelques questions à Meyer, mais aucune d'elles ne dissipa son brouillard.

Sans cesse, Claudine Braun pensait aux circonstances de la mort de son mari. Tant d'idées défilaient dans sa tête : Simon travaillant à la librairie le soir précédent, sa présence à la cathédrale qui n'avait aucun sens... Les questions se succédaient : que s'était-il passé à la librairie ? Avait-il été menacé ? Par qui ? Pourquoi ? À la douleur vint s'ajouter la colère.

– Lieutenant Meyer, il faut trouver l'ordure qui a fait ça. Mon mari n'a jamais eu d'ennemi. On a affaire à un détraqué et il faut le retrouver pour qu'il paye.

– Madame Braun, nous mettons tout en œuvre pour retrouver l'assassin de votre mari, croyez-moi. Nous n'avons que peu d'éléments pour le moment, mais nous attendons les résultats des différentes investigations et rien ne sera laissé au hasard. Il nous faudra aussi enquêter parmi les proches de monsieur Braun, ses amis, ses collègues, sa famille...

– Je n'en doute pas. Mon Dieu, quelle tragédie !

Valérie posa la main sur le dos de madame Braun et répéta un délicat petit frottement à la fois apaisant et compatissant. Antoine lui demanda si elle possédait un double des clés de la librairie. Celles trouvées sur le corps de Simon Braun avaient été réquisitionnées pour analyse. Madame Braun répondit par l'affirmative et lui remit un jeu de clés.

Malgré son état, Claudine Braun raccompagna Meyer et Dufresne à la porte d'entrée. Le couloir qui y menait lui sembla interminable.

Dès leur départ, elle appela sa sœur, Carine Verdier, qui habitait à Rosheim, une petite ville située à environ vingt-cinq kilomètres de Strasbourg. Elle avait cruellement besoin de réconfort et, à ce moment précis, cette sœur cadette et unique était la seule personne qu'elle souhaitait avoir à ses côtés. Elle ne se sentait pas encore la force de contacter son fils Arthur pour lui annoncer le décès de son père.

Sa sœur lui promit de venir sur-le-champ. Par chance, elle non plus ne travaillait pas le lundi.

À l'extérieur, Antoine et Valérie prirent une énorme bouffée d'air. Ils décidèrent de marcher jusqu'à la librairie : au bout de la rue de l'Observatoire, ils tournèrent à droite, boulevard de la Victoire. En chemin, ils achetèrent des sandwichs et de l'eau. Il y avait du monde à l'arrêt de tram, dans les deux sens. Un groupe d'étudiants passa, en pleine conversation sur la variété des repas du restaurant universitaire. Quelques hommes en complet-cravate se dirigeaient vers les quais, des vélos roulaient. Quatre enfants se mirent à courir vers l'arrêt de tram Université : ils avaient les cheveux humides et portaient des sacs à dos. Les bains municipaux se trouvaient à deux pas.

Il faisait beau, l'air de ce début septembre était doux. Antoine et Valérie s'arrêtèrent sur un banc du parc de l'université pour manger leur sandwich en profitant du soleil. Ils s'entendaient bien et Valérie appréciait les qualités professionnelles de son supérieur. Antoine, tout en utilisant l'autorité nécessaire pour obtenir de bons résultats, savait entretenir une bonne entente au sein de son équipe, malgré quelques chamailleries et incompatibilités.

Le portable d'Antoine sonna. C'était le commissaire divisionnaire Yves Pelletier, qui lui demanda de passer le voir à la PJ à 14 h 30. Les premiers signes de la mise en alerte du monde ecclésiastique, de l'effervescence des médias et de spéculations en tout genre étaient perceptibles. La nouvelle du meurtre de Simon Braun était déjà passée entre les mailles d'une étanchéité toute relative. Comment ne pas succomber à la tentation d'être la première personne à divulguer un renseignement de cette teneur ?

Antoine et sa collègue rejoignirent la librairie Argentoratum et sortirent leurs gants de protection de leurs poches. Antoine ouvrit la grille de la porte d'entrée, puis la double porte en verre.

Le magasin semblait être en ordre : rien n'indiquait une altercation ou un cambriolage. Le comptoir et la caisse étaient situés à droite de l'entrée. En face se trouvaient les nouveautés et les derniers livres primés. En faisant le tour du magasin, on découvrait les ouvrages classés par genre. La surface de la librairie était plutôt limitée, et chaque endroit était mis à profit. Il y régnait un charme particulier, l'odeur de ces librairies à l'ancienne qui font cohabiter les livres d'une certaine façon et créent un vrai calme. Sur le côté gauche, deux tables en bois servaient de coin lecture : sur chacune d'elles était posée une lampe verte comme celles que l'on voit dans les bibliothèques.

Meyer inspecta le comptoir. Tout y était bien rangé – les stylos, les papiers et les deux présentoirs remplis l'un de marque-pages, l'autre d'une collection de petits recueils de poésie. Sous le comptoir, un téléphone, des commandes en cours, des courriers récents d'éditeurs et des notes prises par Braun étaient alignés dans des compartiments.

Au fond du magasin, il y avait une porte en bois qui sentait la cire. Elle donnait à gauche sur une réserve et à droite sur une grande pièce aménagée faisant office de bureau et de coin repos. On y trouvait une table, un ordinateur, un second combiné téléphonique, quelques chaises et fauteuils, un lit d'appoint et du petit électroménager. Une fenêtre munie d'un rideau en épais tissu couleur bordeaux donnait sur l'arrière-cour.

Une tasse qui contenait encore un fond de café était posée sur la table. À côté se trouvaient une bouteille d'eau à moitié entamée et un reste de sandwich déposé sur une assiette blanche. Un peu plus loin, un étui rigide ouvert contenait une paire de lunettes à branches dorées ; sur l'un des fauteuils était posé un chapeau de feutre noir d'homme. Antoine demanda à Valérie de ranger tout ça dans des emballages de protection. Tout comme dans le magasin et la réserve, il ne releva aucune trace de lutte ni le moindre signe qui aurait pu paraître anormal.

Antoine appela l'un de ses collègues, Anis Kadiri :

– Salut Anis, c'est Antoine.

– Bonjour Antoine ! Qu'est-ce que je peux faire pour toi ?

– Il faudrait que tu fasses envoyer un technicien scientifique à la librairie Argentoratum du boulevard de la Victoire dès que possible. Valérie sera là pour le recevoir.

– Ah, c'est toi qui t'occupes de cette histoire ! Tu sais que tout le monde en parle déjà, ici. Pelletier est très demandé. Bon, compte sur moi.

– OK, merci. Je suis désolé, il faut que j'y aille, j'ai rendez-vous avec le patron. À plus...

Antoine raccrocha. Il imagina l'ambiance bouillonnante, dans les bureaux de la PJ, qu'entraînaient les circonstances de ce crime. Tandis qu'il pensait à son rendez-vous avec Pelletier, son regard fut attiré par un livre posé sur l'une des chaises. C'était un exemplaire d'une édition limitée de *La Vie passante* de Christian Bobin. Le livre était ouvert aux pages 14 et 15. Sur celle de gauche, une phrase était soulignée au crayon : « L'âme n'est rien que l'invisible et l'invisible est tout ce que l'on voit. »

Antoine mit lui-même le livre dans un emballage pour analyse et se demanda s'il y avait un lien entre cette indication et la fin tourmentée de Simon Braun. Était-ce un message, ou le fait du hasard, la simple lecture d'un libraire qui avait relevé une phrase qu'il appréciait tout particulièrement ? Tout était à envisager.

Antoine releva également le contenu et l'heure des messages laissés sur le répondeur téléphonique. Il y en avait cinq. Le premier datait du samedi 7 septembre, 19 h 05. Le directeur d'une maison d'édition lançait une nouvelle collection de livres pour enfants et demandait à Simon Braun de le rappeler pour en parler.

Dans deux messages datés du dimanche 8 septembre, à 10 h 04 et à 10 h 18, on entendait la voix de madame Braun qui tentait de joindre son mari.

Le suivant indiquait le dimanche 8 septembre, 16 h 03 : « Salut Simon, c'est Jojo, tu ne m'avais pas dit que tu étais à la librairie cet après-midi ? J'aimerais qu'on organise une petite réunion assez rapidement. La semaine qui vient, ce serait parfait. Je pense que c'est vraiment nécessaire. »

Enfin, le dernier datait du lundi 9 septembre, 8 h 32 : « Simon, mon chou, il faut que je te parle. J'ai l'impression que quelqu'un me suit depuis quelques jours, même jusque devant la bibliothèque. Rappelle-moi, je t'embrasse. »

Les deux derniers messages troublèrent Antoine, et aucune explication ne lui vint à l'esprit. Il fit glisser la paume de sa main gauche le long des pans de son chèche.

Il quitta la librairie vers 14 h 10. Il retourna prendre sa voiture de fonction pour regagner son bureau de la police judiciaire, rue de l'Hôpital. Avant de s'entretenir avec le commissaire divisionnaire, il demanda à Anis de faire les recherches d'usage sur la librairie, de contacter et de convoquer le ou les employés. Il fallait également s'occuper de l'entourage de Braun.

Antoine ôta son blouson et l'accrocha dans sa penderie. Sur son bureau l'attendaient plusieurs messages qu'il parcourut rapidement. Aucun d'eux n'était urgent. Il appela Valérie, qui était toujours à la librairie.

– Salut Antoine, il y a un technicien qui est arrivé. Je peux déjà te dire qu'il a utilisé le Polilight et qu'il n'y a aucune trace de sang.

– OK. Et côté empreintes digitales, dans la pièce du fond ?

– Il en a trouvé de très nombreuses, on verra ce que ça donne en comparant avec le fichier national.

– Il faudrait que tu passes prendre les résultats du médecin légiste avant de rentrer au bureau. Je t'envoie Pascal qui doit régler une autre affaire. Il passera te prendre.

– Ça marche, à tout à l'heure…

Durant la conversation téléphonique, Antoine avait reçu un SMS de Kim, une femme avec qui il avait vécu pendant quatre ans. Un désamour progressif et réciproque avait récemment conduit le couple à se séparer sans esclandre. C'était mieux ainsi. Kim lui écrivait pour récupérer des affaires qui étaient encore chez lui : quelques livres et deux tableaux.

Cela aussi pouvait attendre. Antoine la rappellerait plus tard. Il prit tout de même deux minutes pour ouvrir le tiroir gauche de son bureau ergonomique en bois clair et regarder la photo de Kim qu'il ne parvenait pas à ranger dans son livre de souvenirs. Les yeux en amande de la jeune femme, ses longs cheveux noirs et brillants et les traits fins de son visage continuaient d'enchanter Antoine. Mais il savait qu'elle ne pouvait et ne voulait plus vivre avec lui car trop de choses les distinguaient. Elle aimait la mer, le soleil et le rêve. Il aimait la montagne, l'atmosphère des campagnes insolites et le rugby. Les absences répétées d'Antoine pour urgences professionnelles, les samedis et dimanches, avaient amplifié leurs désaccords.

Il fallait passer à autre chose. La sonnerie de son téléphone le ramena à la réalité. C'était un appel interne de l'assistante du commissaire divisionnaire. Sans tarder, Antoine referma le tiroir, sortit de son bureau et longea le couloir qui menait au bureau du chef. Marielle Bonnet, l'assistante du commissaire divisionnaire, l'accueillit avec un grand sourire. Elle portait un pantalon en toile blanc cassé, des chaussures à talons beiges et un chemisier à fleurs roses et orange. Ses cheveux blonds étaient montés en chignon. Elle portait une bague en résine assortie aux couleurs du chemisier.

Âgée de 25 sans, Marielle était entrée à la PJ six mois auparavant. Elle y était fort appréciée. Elle travaillait bien, savait gérer les urgences et tout le monde parlait de son sourire dont elle semblait ne jamais se départir. Très réservée durant les semaines suivant son arrivée, elle avait acquis de l'assurance et savait prendre des initiatives en cas de nécessité, notamment lorsqu'il s'agissait de canaliser les nombreuses demandes adressées à son chef.

– Bonjour lieutenant Meyer, monsieur Pelletier vous attend. Entrez, je vous prie, dit Marielle en se levant et en ouvrant la porte d'un beau bureau lumineux.

– Merci, Marielle. Je te l'ai déjà dit, tu peux me tutoyer.

– Oui, oui, cette fois c'est promis, je ferai attention...

– Et arrête de m'appeler lieutenant Meyer...

Marielle n'avait pourtant eu aucun problème à dire « monsieur Pelletier » en parlant du divisionnaire – c'est lui-même qui avait fait cette suggestion. Mais avec Antoine, c'était moins évident. Elle réagit à son injonction par une petite raillerie :

– C'est d'accord, inspecteur Chechmann !

Antoine secoua son chèche avec un ricanement forcé :

– Elle est toujours aussi drôle, celle-là...

Chechmann était le surnom que ses collègues lui avaient donné. Ils le taquinaient régulièrement, mais Antoine était bon public. Et après tout, Chechmann le rendait unique.

Reprenant son sérieux, il entra dans le bureau d'Yves Pelletier. Le commissaire divisionnaire était assis derrière son bureau couvert de papiers, de classeurs, de chemises de rangement et de parafeurs. Cet apparent désordre n'entravait en rien l'esprit structuré de Pelletier. Cet homme charismatique qui avait fêté ses 55 ans à la fin du mois d'août dernier était connu pour son habileté à mener ses équipes et à diriger les enquêtes d'une main de maître. Marié et père de quatre enfants, il était féru d'histoire de l'Antiquité et de musique classique. Dans son espace de travail, il était possible de déceler quelques indices évidents : près d'un pot dans lequel se pavanait un oiseau du paradis, dont le feuillage brillant indiquait qu'il était en pleine santé, se trouvait une petite table basse décorée d'un hibachi laqué et d'une statuette en terre cuite de l'art grec. Derrière le bureau, une étagère hébergeait les symphonies de Beethoven, le *Requiem* de Mozart, Verdi, Puccini et des œuvres de Bach. Le commissaire s'autorisait à écouter sa musique préférée dès qu'il en ressentait le besoin.

– Tu vois, Meyer, cette affaire Braun sème le trouble à l'archevêché. J'ai discuté un long moment avec le procureur, puis avec l'archevêque, et pour finir avec le préfet qui, par ailleurs, connaissait la victime. J'ai eu moi-même l'occasion de croiser Braun, mais sans plus. On me dit que c'était un homme intègre et sans histoires, qui adorait son travail de libraire et qui voulait partager son amour pour la lecture. Son assassinat en est d'autant plus inqualifiable. Il nous faudra percer le côté opaque que cachait la vie harmonieuse de Braun.

– D'autant plus qu'il a été tué dans la cathédrale. Je suis persuadé que le lieu du meurtre est un élément crucial qui n'est en rien dû au hasard.

– Tu as raison, Meyer. On est en plein dans la sphère religieuse. D'ailleurs, c'est quoi cette histoire de mots en latin que Braun aurait écrits avant de mourir ?

– Il a écrit le mot *mars* et à côté, *veritas tem*...

– Et apparemment il n'a pas eu la force de finir, enchaîna Pelletier. Il est question de vérité et sans doute de temps, *tem* sont les premières lettres du mot *temporis*. Mais que vient faire mars là-dedans ?

– Je ne sais pas, mais c'est bel et bien un signe qu'a voulu adresser Braun. Peut-être un indicateur pour nous lancer sur la piste de l'assassin, ajouta Antoine.

– Peut-être. Je vais appeler l'archevêché, qui est plus doué que nous en latin...

Yves Pelletier composa le numéro de la ligne directe de l'archevêque. Ce dernier lui expliqua que le message partiel de Braun l'avait effectivement intrigué et que, pour lui, la phrase complète ne pouvait être que « *Veritas temporis filia* », qui signifie « La vérité est fille du temps ». Elle était d'ailleurs visible sur la façade sud de la cathédrale, sur l'un des trois cadrans solaires. Mais il ne comprenait pas pourquoi figurait aussi le mot *mars*.

– Voilà qui est intéressant, commissaire. On dirait que Braun savait quelque chose sur quelqu'un... Il était prêt à tout dévoiler, le meurtrier l'aura fait taire avant.

– C'est probable. Et il nous laisse un autre message : « Je suis mort, mais allez chercher la vérité, utilisez le temps qui passe car rien ne pourra la dissimuler. » Mais pourquoi *mars* ?

– Il y a un autre détail dont m'a parlé Charles, le sacristain. Il prétend que ce matin, lorsqu'il a trouvé le corps, il a vu une croix par terre, près d'une colonne. D'après lui, elle aurait disparu pendant son aller-retour entre le presbytère et la sacristie.

– Donc l'assassin était encore là...

– Tout à fait, répondit Antoine en se levant pour se rapprocher de l'une des fenêtres. En plus, le sacristain a dit que c'était une croix un peu spéciale, mais comme il était dans tous ses états, sa description est peut-être le produit de son imagination...

– C'est-à-dire ?

– Il dit que le dessus de la croix ressemblait à une anse et...

– La croix ansée ! Sacrebleu !

– Ça vous parle ?

– L'Ankh est la croix de vie égyptienne. C'est le symbole d'une forme de pouvoir et de l'immortalité.

Yves Pelletier croisa les bras et pencha la tête. Il sonda l'importance de ces informations. Il savait déjà que pour résoudre cette sombre affaire, il faudrait chercher du côté de l'histoire de la cathédrale que Braun admirait. Il était persuadé qu'il avait été tué parce qu'il cachait quelque chose de crucial que son assassin avait cherché à récupérer.

Il savait aussi qu'il devait agir rapidement car, du côté du diocèse tout comme de celui de la préfecture, on ne souhaitait pas une longue enquête sans résultats tangibles, enlisée dans des présomptions sans fin. L'équilibre de la ville et celui de l'Église catholique, qui craignait que cet événement dramatique n'affaiblisse la vie spirituelle de la région, étaient en jeu.

Mais Yves Pelletier cédait rarement aux pressions, d'où qu'elles viennent. Pour lui, ce qui était important c'était la qualité du travail, l'intégrité et les compétences de ses collaborateurs. Au demeurant, il n'avait plus à prouver ses extraordinaires facultés. Il n'aimait pas davantage perdre son temps à jouer aux poids et mesures avec ses interlocuteurs ou à ménager les susceptibilités. Mais quand la nécessité l'imposait, il savait s'adapter à une situation. Son métier lui avait permis de connaître les rouages de la sphère politique, sociale, culturelle et religieuse de la région. Il était en outre capable d'allier un flair remarquable à un esprit rationnel. Lentement mais sûrement, il avait aussi façonné ses capacités d'observation avec une patience infinie qu'il n'avait pas dans d'autres domaines.

En voyant Antoine Meyer scruter l'horizon, il se rendit compte que cette nouvelle enquête déstabilisait le jeune lieutenant. Il usa de cette autorité naturelle qui le caractérisait pour le ramener au calme et à l'efficacité. Il savait qu'Antoine était passionné par son métier, mais qu'il manquait de confiance en lui. Avec l'assassinat de Braun, l'occasion lui était donnée d'en gagner.

– Bon, Antoine, dès que tu reçois les résultats du légiste, tu me fais signe. Je vais rester tard ce soir.

– Oui, commissaire.

– Et madame Braun ?

– Elle est effondrée. Soit elle n'a rien à voir là-dedans, soit elle joue vraiment bien la comédie.

– Et la famille, les amis ?

– On rassemble tout ça et on commence les interrogatoires demain. On cherche du côté de son boulot. Un certain Jojo lui a laissé un message sur son répondeur. Il y en a eu un autre, une femme, on va la trouver.

– Pour la fouille dans la cathédrale, demande du renfort si nécessaire. On ne pourra pas la laisser fermée trop longtemps.

– OK, chef !

Le téléphone sonna. Antoine sortit du bureau du divisionnaire.

Place de la cathédrale, tout au long de l'après-midi de ce 9 septembre 2013, des journalistes et photographes firent le tour de la belle Notre-Dame murée dans son silence. Ils tentaient d'entrer par le portail central, le portail sud, le portail nord. Certains essayaient le portail Saint-Laurent, d'autres celui de la Vierge. Mais les portes ne s'ouvrirent qu'à ceux qui étaient autorisés à les franchir. Attirés par les conversations des journalistes et la présence d'un policier devant la porte de la sacristie, des passants s'agglutinèrent peu à peu. On parla d'un cadavre retrouvé dans la crypte, peut-être étranglé ou assailli de coups. On parla aussi de mots énigmatiques, de mauvais présages. On discuta de la fermeture de la cathédrale et des touristes venus de divers horizons donnèrent leur avis sur les mobiles d'un tel crime. L'édifice était photographié en long, en large et en travers afin d'immortaliser l'événement.

Dans la sacristie, l'intendant René Fechter avait été chargé par sa hiérarchie de faire office de contrôleur et de rapporteur. Il en était plutôt fier et prenait ce rôle très au sérieux. C'était facile : l'entrée n'était autorisée qu'aux policiers.

De leur côté, Charles et le curé Bur étaient retournés au presbytère. Alors qu'on continuait à fouiller la cathédrale et à décider de tout ce qui allait être analysé, les téléphones de la PJ, de l'archevêché et du presbytère ne cessaient de sonner.

Les premières annonces des médias suivirent. Radio, télé, Internet, flash info, fil info, dernière minute, actualités, bandeau défilant, communiqué important... En soirée, la télé régionale et les chaînes nationales atteignirent des taux d'audience élevés. De nombreux messages furent publiés sur les réseaux sociaux. La diffusion de l'information passa à l'échelle européenne.

Il était 20 h 30. Installé dans son bureau, Pelletier relut les résultats du médecin légiste. Simon Braun était mort dans la nuit du dimanche 8 au lundi 9 septembre entre minuit et deux heures du matin. Le corps, qui était couvert de petites taches noires, n'avait pas été déplacé et ne portait pas de traces de lutte, mais on avait découvert de minuscules impacts d'aiguille sur le cou. Pelletier lut la conclusion : arrêt cardiaque dû à un empoisonnement, substance inconnue. Le légiste mentionnait un signe particulier sur la plante du pied droit de Braun, côté talon : un minuscule tatouage représentant un soleil.

Pelletier dénoua son nœud de cravate, défit les deux premiers boutons de sa chemise bleue et retroussa ses manches. Il ouvrit le tiroir du bas de son bureau et en sortit des magazines. Il trouva rapidement celui qu'il cherchait, daté de mars 2013. À la page 19 se trouvait un article sur une affaire de faux identifiés grâce à l'expertise de manuscrits médiévaux effectuée par une historienne, Emma Parys. C'était la deuxième fois que celle-ci intervenait et que ses connaissances permettaient de découvrir la vérité.

Le commissaire avait déjà eu l'occasion de lire et d'apprécier quelques-unes de ses publications. Âgée d'une trentaine d'années, elle enseignait l'histoire et l'archéologie comparées des sociétés médiévales à l'École des hautes études en sciences sociales de Lyon ; elle était également chercheuse au Centre d'anthropologie religieuse européenne à Paris.

Pelletier appela Antoine, encore de service, et lui demanda de trouver les coordonnées téléphoniques de cette femme. Il la contacterait dès le lendemain matin pour lui proposer de collaborer avec la PJ dans le cadre de l'enquête sur le meurtre de Braun.

★

L'homme se reposa durant quelques heures. Un sommeil profond avait réussi à engourdir son insatisfaction. Mais sa détermination restait intacte. Il sourit à son futur et sortit marcher un peu. Un homme et une femme, main dans la main, entrèrent dans un salon de thé. Un clochard titubant leva sa bouteille vide vers le ciel. Une nuée de gens sortit du bus. Personne ne le vit : c'était comme ça depuis qu'il était tout petit. Mais bientôt, tout changerait...

Chapitre 3

Emma décrocha le téléphone à la troisième sonnerie.

– Emma Parys ?

– Oui, bonjour !

– Bonjour ! Commissaire divisionnaire Yves Pelletier, police judiciaire, Strasbourg.

Emma tressaillit, mais son interlocuteur enchaîna :

– Rassurez-vous, il n'y a rien de grave. Voilà ! J'ai pensé faire appel à vous car vous avez de grandes compétences en matière d'anthropologie religieuse. J'ai pris connaissance des tenants et aboutissants de l'affaire Fontani et de votre aide précieuse lors de l'enquête sur le crime de l'abbaye de Bellefontaine.

– Ah, merci beaucoup. Et vous attendez quoi de moi, au juste ? Il s'est passé quelque chose dans la belle capitale de l'Europe ? demanda Emma avec curiosité.

– Rien de moins qu'un meurtre dans la cathédrale de Strasbourg, répondit Pelletier de sa belle voix grave.

– Un meurtre ?

– Dont la victime a réussi à écrire quelques mots par terre, le mot mars et la phrase « *Veritas temporis filia* ».

– La vérité est fille du temps. Mais c'est le mot *mars* qui est intéressant...

– Pourquoi ?

– Pour trouver le lien entre le temps, la vérité et la planète Mars.

– Et avec la cathédrale et son histoire, recadra le commissaire, dubitatif.

– Je ne connais pas la cathédrale par cœur, je n'y suis allée que deux fois. Mais je sais que sur la façade sud, sur l'un des trois cadrans solaires, est inscrite la phrase « *Veritas temporis filia* ». Si c'était un hasard, ce serait vraiment étonnant.

Yves Pelletier se dit qu'il avait bien fait d'appeler cette Emma Parys. Il la sentait intriguée et captivée, mais encore fallait-il la convaincre de participer à l'enquête... D'autant que son emploi du temps devait être bien chargé.

– Je suis tout à fait d'accord avec vous. Et ce lien pose justement le problème de la connaissance du lieu, de son histoire, de ses ombres et de ses lumières...

– Sans compter les légendes et certaines croyances...

– Est-ce que vous seriez prête à nous guider ?

– Il est possible que je finisse par y prendre goût. Ou que je devienne une célèbre détective, dit Emma en souriant.

Lorsqu'elle avait planché sur le cas Fontani au mois de janvier dernier, puis qu'elle s'était rendue, quelques mois plus tard, à l'abbaye de Bellefontaine, elle avait ressenti à chaque fois cette sensation grisante. Utiliser ses connaissances de cette manière lui plaisait. Et en les utilisant, elle les développait. Elle avait connu des montées d'adrénaline. Rien à voir avec ses cours et ses recherches.

– Je prends ça pour un oui, renchérit Pelletier.

– Laissez-moi le temps de vérifier mon agenda et de gérer mes rendez-vous. Est-ce que je peux me permettre de vous rappeler en fin d'après-midi ?

– Avec plaisir, je vous donne ma ligne directe et mon numéro de portable.

Yves Pelletier communiqua ses numéros de téléphone et raccrocha. Emma but un deuxième café et alla s'asseoir dans le salon. Elle consulta son emploi du temps des prochains jours. De toute façon, son mois de septembre était plutôt calme. Ses cours ne reprenaient qu'au mois d'octobre et son prochain séjour au centre d'anthropologie à Paris n'était prévu que pour le mois de novembre. Elle voulait se décider rapidement et contacta sa hiérarchie : comme pour ses deux autres interventions, elle n'eut pas de problème particulier à convaincre ses interlocuteurs. Elle annula ensuite ses quelques rendez-vous de la semaine suivante.

Le téléphone sonna une nouvelle fois. C'était Oscar Calderón, qui appelait du Salvador. Depuis quelques mois, Emma avait décidé de tout mettre en œuvre pour retrouver son père. Il avait disparu au Salvador durant la guerre civile alors qu'il travaillait pour Médecins du monde. Emma n'était alors qu'un bébé. Mais elle était persuadée qu'il était vivant et avait engagé Oscar, détective privé, pour le retrouver. Il tentait de rencontrer des témoins de l'époque et de remonter le parcours de Pierre Parys. Pour le moment, les résultats étaient maigres.

Emma se rendit dans le salon et regarda par la grande baie vitrée. Le ciel était gris. Il y avait du monde sur les berges du Rhône.

Impatiente, elle alluma son ordinateur et commença à faire des recherches sur l'histoire de la cathédrale de Strasbourg. Elle y passa la matinée. En début d'après-midi, elle se rendit à la bibliothèque de l'EHESS pour y consulter des documents.

À Strasbourg, la journée du mardi livra peu de nouvelles informations au lieutenant Meyer. Dans la crypte, on avait relevé de très nombreuses traces sur les chaises et les murs. Les empreintes retrouvées sur l'autel, le chandelier et le pupitre allaient être vérifiées. Les analyses étaient en cours, mais Antoine savait que l'endroit était trop fréquenté pour que les résultats puissent donner une chance de se rapprocher de l'identité du meurtrier. À moins de trouver d'autres indices, ailleurs, dans les parties non ouvertes au public où il aurait pu se cacher.

Charles Hammer avait été convoqué pour faire sa déposition. Antoine relut le procès-verbal. Il n'était toujours pas certain qu'il disait la vérité, notamment à propos de cette histoire de croix ansée. Il prétendait avoir passé sa soirée et sa nuit du dimanche chez lui, seul. Hammer était renfermé et timide. Était-ce pour cette raison qu'il avait du mal à soutenir le regard du lieutenant ? N'était-il pas un grand solitaire, accroché à sa foi et à l'importance capitale et unique qu'il accordait à son métier de sacristain ? Il ne semblait pas avoir de lien particulier avec Simon Braun, mais les connaissances d'Antoine sur le libraire étaient insuffisantes pour tirer des conclusions.

En sortant du bureau de la PJ, Charles Hammer remit sa casquette et rasa maladroitement les murs du couloir jusqu'à l'ascenseur. Antoine l'observa, puis entra dans le bureau d'Anis.

– Anis, trouve tout ce que tu peux sur ce Charles Hammer, son passé, ses fréquentations, interroge ses collègues au presbytère pour savoir ce qu'ils pensent de lui.

– D'accord Antoine, je m'y colle. Au fait, on vient de me dire que l'employé de la librairie est arrivé il y a dix minutes.

– J'y vais.

Valérie arrivait au même moment.

– Ah, Antoine, j'ai l'identité des deux personnes : un certain Pierre Ott, surnommé Jojo, et la femme de la bibliothèque. On peut se voir ?

– Pas tout de suite, je vais d'abord m'occuper de l'employé de la librairie, répondit Antoine en s'éloignant déjà.

– Pas de souci, j'attends. Au fait, super, ce chèche aux couleurs du désert, ajouta Valérie en parlant plus fort, ce qui lui valut un petit sourire complice d'Anis.

Antoine leva son bras droit en guise de remerciement.

– Bonjour ! Monsieur ?

– Bonjour, inspecteur. Je suis Maxime Holst. Je travaille

à la librairie Argentoratum avec monsieur Simon Braun. Enfin, je travaillais avec lui. Quel choc horrible ! Quand je pense que samedi dernier, nous avions encore discuté du réaménagement de la librairie...

– Vous travaillez avec lui depuis longtemps ?

– Depuis environ quatre ans. Son ancienne collègue, madame Marguerite, comme il l'appelait, était tombée très malade et ne pouvait plus travailler. C'est moi qui ai repris son poste.

– Et ça se passait bien ?

– Oh oui, monsieur Braun était satisfait. Au début j'avais un peu de mal car il est très pointilleux. Il ne laissait rien passer. Et pourtant, il était d'une grande gentillesse. Avec lui j'ai appris à bien travailler, à acquérir plus de compétences.

Maxime Holst secoua la tête. Il ôta ses fines lunettes et les remit après s'être frotté les ailes du nez. Ses gestes étaient posés. L'appréciation qu'il faisait de son employeur semblait sincère. Ses yeux brillants traduisaient sa tristesse.

– Et ces derniers temps, monsieur Braun vous a-t-il semblé soucieux ou différent ?

– Non, je n'ai pas remarqué de changement.

– Réfléchissez, le moindre détail peut être important, insista Antoine.

– Vous savez, inspecteur, monsieur Braun n'était pas du genre à afficher ses émotions. La seule fois que je l'ai vu se fâcher, c'était il y a quelques jours au téléphone.

– Savez-vous avec qui il parlait ?

– Oui, c'était son fils Arthur.

– Vous le connaissez ?

– Non, je ne l'ai jamais vu, je sais simplement qu'il habite à Avignon. Il tient une pâtisserie et un salon de thé. La femme de monsieur Braun me l'a dit un jour, alors qu'elle passait à la librairie. Elle était contente parce qu'il devait passer quelques jours avec eux à Strasbourg.

– Et sur quoi portait la dispute ce jour-là au téléphone ?

– Je n'ai pas vraiment compris. Mais monsieur Braun a parlé de gâteaux et de tartes à la crème. Il disait à son fils qu'il devrait créer une nouvelle sorte d'entremets, une spécialité qu'il pourrait appeler... Laissez-moi réfléchir... C'est un prénom... Ah oui, Hector.

– Original. Et rien d'autre ?

– Euh... Il a dit aussi : « Je ne comprends pas pourquoi tu es comme ça, en tout cas je ne veux pas le voir. »

– Le voir ?

– Oui, c'est ça. Désolé, je n'en sais pas plus.

– Merci, monsieur Holst. Je vais bien entendu vous demander ce que vous faisiez dans la nuit du dimanche au lundi.

– Je comprends, et je n'aurai aucun mal à vous répondre. Je n'ai rien à me reprocher. De toute façon, celui qui a fait ça est taré. Quant à moi, j'ai passé ma soirée du dimanche avec mes parents et ma fiancée, Caroline. Mes parents habitent à Barr et nous avons dormi chez eux. Ils pourront vous le confirmer.

– Très bien, monsieur Holst. Une dernière question. À la librairie, j'ai trouvé dans la pièce du fond un livre de Bobin qui était ouvert et dont une phrase était soulignée au crayon. C'est à vous ?

– Ah non, mais c'est sans aucun doute à monsieur Braun. D'abord parce qu'il aime beaucoup cet auteur, et ensuite, parce qu'il avait l'habitude de faire certaines annotations dans les livres qu'il était en train de consulter. Il n'était donc pas rare de trouver un bouquin ouvert à telle ou telle page dans l'arrière-boutique.

– Merci pour votre aide, monsieur Holst. Je n'ai plus besoin de vous.

Antoine fit sortir l'employé de la librairie et lui dit au revoir. Il passa dans le bureau de Michel Lang pour lui demander de vérifier l'alibi de Holst et de convenir d'un rendez-vous avec Arthur Braun durant son séjour à Strasbourg. Les obsèques de son père étaient annoncées pour le lundi 16 septembre.

– Si tu permets, je ferai ça dès que je pourrai, bougonna Michel, *alias* Mike.

– C'est-à-dire tout de suite, c'est urgent, Mike, répondit Antoine d'un ton cassant.

– À vos ordres, chef !

Au premier abord, on trouvait généralement Michel Lang plutôt désagréable. Au deuxième aussi... À sa réputation de grogneur s'ajoutait celle d'un révolté quasi permanent, qui jugeait et critiquait sans autre forme de procès. Pour couronner le tout, certains jours, il ressemblait parfaitement au héros d'une chanson alsacienne, *D'r Hans im Schnokeloch*, au point que dans les couloirs de la PJ, on le surnommait officieusement « Jean du trou à moustiques ». Car certains jours, comme le dit la chanson, Mike avait tout ce qu'il voulait. Mais ce qu'il avait, il n'en voulait pas et ce qu'il voulait, il ne l'avait pas !

Antoine avait l'habitude d'entendre son collègue râler et ne s'attardait pas plus que ça sur ses caprices. Il savait aussi que Mike avait du mal à accepter qu'il soit à la fois son supérieur hiérarchique et plus jeune que lui de presque quinze ans.

En voyant la bonne humeur de Valérie, Antoine oublia rapidement le mauvais caractère de Lang.

– Voilà, j'ai donc les identités de ce Pierre et de la femme de la bibliothèque...

– Ah, merci Valérie, raconte !

– Pierre Ott, né en 1976, professeur de droit, divorcé, sans enfants, habite à Illkirch-Graffenstaden. En fait, son deuxième prénom c'est Joseph, d'où son surnom, Jojo. Il est convoqué demain. Quand je l'ai appelé pour lui annoncer la nouvelle, il a jeté un cri de détresse et je l'ai senti en grande panique.

– Tu lui as parlé de son message sur le répondeur ?

– Oui, il prétend que c'était au sujet de l'association « Je sais lire », dont Braun était le vice-président et Ott le trésorier.

– Et qui s'occupe de quoi ?

– J'ai vérifié, l'idée est de mettre en place des structures au Bénin qui permettent aux habitants d'apprendre à lire le français ou d'améliorer leur niveau. L'association fait aussi des collectes de livres pour les envoyer dans des relais béninois.

– Sans aucun doute, mais si je me souviens bien, Pierre Ott parlait d'une réunion urgente. Tu sais pourquoi ?

– Toujours selon lui, il voulait lui parler d'un point très important. La réunion devait permettre de lancer une publicité pour récolter des fonds, ouvrir un nouveau centre d'apprentissage de la lecture au Bénin et trouver davantage de livres.

– Bon, il faudra vérifier ça. Le président doit être au courant, non ?

– Je ne sais pas, je vais me renseigner. Et j'ai convoqué Ott.

Antoine ajouta le nom de Pierre Ott sur un Post-it qu'il fixa au tableau blanc. Il constituait peu à peu l'organigramme qui devait lui permettre de tracer les liens entre tous les acteurs. Puis de rétrécir le cercle et, espérait-il, de lever le masque du criminel.

Après le déjeuner, une pizza mangée sur place, l'équipe d'Antoine Meyer s'activa. On avait identifié la femme qui avait laissé un message sur le répondeur de la librairie :

c'était une certaine Louise Vasser, secrétaire à la Bibliothèque humaniste de Sélestat. Elle avait appris l'horrible fin de Simon Braun par le biais des journaux locaux. Elle le connaissait depuis des années. Il passait régulièrement à la bibliothèque pour y consulter des livres anciens. Ils s'étaient liés d'amitié. Au téléphone avec Valérie, Louise Vasser était restée très vague sur la raison de son appel à Braun et de son sentiment d'être suivie. Elle allait devoir s'expliquer lors de son audition à la PJ, prévue le lendemain.

De son côté, Anis s'était renseigné sur la bonne santé financière de la librairie. Les comptes étaient à jour, l'établissement se portait plutôt bien. Il rencontra les collègues de Charles Hammer : ils étaient unanimes en parlant d'un homme toujours prêt à rendre service, qui faisait très bien son travail. Suzanne, la femme de ménage du presbytère, vanta son sens du devoir, mais ajouta que Charles était très réservé et, selon ses propres termes, si vieux jeu qu'il semblait vivre au siècle passé.

Anis avait également contacté son frère aîné, qui habitait en Bretagne. Il n'avait pas grand-chose à dire. Les deux frères ne s'étaient pas vus depuis au moins dix ans et leurs relations se réduisaient à quelques appels téléphoniques par an. Anis poursuivit ses recherches.

L'officier de police Lang, lui, vérifia l'alibi de Maxime Holst, qui fut confirmé par ses parents et sa fiancée. Ils s'étaient couchés vers minuit trente et tôt le matin, Maxime était allé chercher du pain frais à la boulangerie du coin.

Vers 17 heures, Emma rappela Pelletier pour lui dire qu'elle acceptait sa proposition.

– Ah, je suis absolument ravi. Quand pensez-vous arriver à Strasbourg ?

– J'ai réservé un billet de train pour ce jeudi. J'arriverai un peu avant 14 heures.

– Très bien, je vais demander au lieutenant Antoine Meyer de venir vous chercher à la gare. C'est lui qui mène cette enquête.

– C'est parfait, merci. Je pense que nous pourrons avoir un premier entretien dans l'après-midi. Qu'en pensez-vous, commissaire ?

– Tout à fait d'accord, répondit Pelletier, qui appréciait le dynamisme et la réactivité de la jeune femme.

– Autre chose, avez-vous pensé à vous loger durant votre séjour à Strasbourg ?

– Oui, j'ai contacté une copine de lycée avec qui j'ai gardé le contact. Elle habite Strasbourg et m'a proposé de dormir chez elle. Ce sera le moment des retrouvailles.

– C'est parfait ! J'ai hâte de vous rencontrer. Si vous avez des questions, n'hésitez pas à m'appeler. À jeudi, madame Parys.

– Merci infiniment, commissaire Pelletier, dit Emma avant de raccrocher.

Yves Pelletier appuya sur la touche programmée AM de son téléphone. Deux minutes plus tard, Antoine était dans son bureau. Le commissaire lui parla d'Emma Parys, du rôle qu'elle allait jouer dans le cadre de l'enquête et de son arrivée à Strasbourg. Dans un premier temps, Antoine sourcilla. Pelletier lui tendit l'article de presse qui relatait la sombre affaire de l'abbaye de Bellefontaine, puis lui fit lire les commentaires de son collègue de Cholet. La contribution d'Emma Parys avait été considérable.

– Effectivement, elle a l'air brillante. Je comprends votre décision.

– Mais on est bien d'accord, Meyer, elle n'est pas officier de police. Il n'est pas question de la mettre en danger.

– Oui, ça va de soi. J'irai la chercher jeudi à la gare.

– Je compte sur vous, Meyer.

Vers 18 h 30, le lieutenant et son équipe se réunirent pour faire le point. Antoine leur annonça l'arrivée prochaine d'Emma Parys et leur donna quelques instructions.

Le lendemain, le cas Simon Braun était à nouveau à la une des *Dernières Nouvelles d'Alsace*. L'article, très complet, rapportait toutes les informations connues sans profusion de termes propres à la création d'une saga strasbourgeoise. En revanche, on y parlait aussi de l'histoire de la cathédrale, de son architecture et de tous les gens qui participaient à sa conservation et à son animation. On rappelait que le libraire chérissait l'horloge astronomique. Il y avait enfin un petit paragraphe sur le rayon vert de la cathédrale, celui qui apparaît chaque année le jour de l'équinoxe de printemps et d'automne. Cette année, le rayon vert devait éclairer la tête du Christ en croix, le 22 septembre à 12 h 24.

Les articles et les interviews sur l'affaire continuaient de se multiplier. Certains journaux avaient ouvert la voie aux spéculations avec des titres prometteurs comme « Le mystère de l'ange rose », « Le secret de la crypte » ou « Le trésor de la cathédrale ». À coups d'allégations malodorantes, de prophéties et de complots, l'imagination des uns et des autres se réveilla et suscita des vocations.

L'affaire Braun raviva en outre les critiques à l'encontre des ministres du culte alsaciens et mosellans. On reprochait aux prêtres, rabbins et pasteurs d'être salariés de l'État. La loi du Concordat de 1801, signé entre le pape Pie VII et Napoléon Bonaparte, était toujours en vigueur, et même si, quelques mois auparavant, le Conseil constitutionnel avait décidé de conserver cette loi pour le Bas-Rhin, le Haut-Rhin et la Moselle, des associations remettaient le sujet à l'ordre du jour. Certains étaient montés au créneau en apprenant qu'il existait une proposition de loi visant à ajouter le culte musulman dans le droit concordataire. D'aucuns en oubliaient presque le crime de la crypte tant le sujet était fécond en polémiques et en dialogues stériles.

Si la crypte restait interdite au public, la cathédrale ouvrirait de nouveau ses portes le jeudi 12 septembre. Le diocèse et le préfet avaient fait pression et leurs arguments s'étaient avérés convaincants. D'ailleurs, après trois jours de fouilles, aucun élément probant n'avait été découvert dans l'édifice. Pelletier et Meyer savaient très bien que cela relevait de l'exploit.

*

Lui aussi avait lu la presse et suivi les informations télévisées. Il s'en moquait. Tout ce petit monde allait patauger dans la confusion. Cela lui laissait le temps de poursuivre ce qu'il avait entrepris. Dommage que Braun n'ait pas lâché le morceau. Il attendait depuis si longtemps et il ferait tout pour atteindre son but. Bientôt, la toute-puissance lui serait acquise. Il se leva et ouvrit le tiroir de son chevet pour y ranger la croix à côté de la bague à poison.

Chapitre 4

Le TGV était parti de la gare de Lyon-Part-Dieu à 10 h 04, comme prévu. Durant le trajet, Emma avala un sandwich au poulet et lut un petit guide sur l'Alsace. Il y était bien sûr question de Strasbourg la belle Européenne, sa Petite-France, sa cathédrale Notre-Dame, son marché de Noël et son dialecte. Il y avait Obernai, la cité médiévale et sainte Odile, la route des vins, le château du Haut-Koenigsbourg et la Petite-Venise de Colmar.

Un contrôleur passa dans le wagon. Très souriant, il dévisagea Emma qui ne réagit pas. La jeune femme portait un tailleur pantalon couleur sable, une blouse rose pastel et des derbies. Elle avait ôté son chapeau, un Borsalino pour femme assorti au tailleur. Des cheveux châtains frisés et mi-longs entouraient le vert d'eau de ses yeux. Autour de son cou, il y avait une fine chaînette en or portant un petit bâton d'esculape qu'elle ne quittait jamais. C'était un souvenir de son père.

Le train entra en gare à 13 h 41, avec deux minutes d'avance. Antoine attendait sur le quai numéro deux. Aujourd'hui, il avait mis un chèche à carreaux à dominante rouge : c'était le signe de reconnaissance qu'il avait communiqué à Emma *via* un SMS. Amusée, elle lui avait répondu qu'elle mettrait son Borsalino.

L'on se serra la main et l'on se lança des « Bonjour, enchanté(e) ». Antoine prit la valise d'Emma, puis ils descendirent l'escalier et passèrent le hall vitré de la gare. Quelques bras tendus demandaient la charité.

Antoine offrit l'éventail de la bienséance à la gracieuse Emma. Ouverture et fermeture de la portière, « S'il vous plaît, je vous en prie », rangement du bagage, visite guidée jusqu'au bâtiment de la police judiciaire. Tout en conduisant, Antoine remarqua le grain de beauté en forme de cœur qui ponctuait l'index de la main gauche d'Emma.

En arrivant à la PJ, on vit quelques têtes se tourner, quelques sourires se dessiner. Tout le monde savait qui était la jeune femme et pourquoi elle était là. Antoine présenta Emma à ses collègues, puis l'emmena chez le commissaire divisionnaire Pelletier.

– Bonjour madame, je vous en prie, prenez place, dit le commissaire avec une poignée de main rassurante.

– Bonjour, merci pour votre accueil.

Emma était impressionnée par le charisme et la force qui se dégageaient d'Yves Pelletier, qui ne tarda pas à lancer la discussion :

– Comme je vous l'ai dit, l'affaire Braun est pour le moins étrange. Nous savons que le libraire a été empoisonné, mais le poison n'a pas pu être identifié pour le moment. Inconnu au bataillon !

– Et il y a cette histoire de mots latins qui parlent du temps, ajouta Antoine.

Emma se lança :

– Oui. Comme je l'ai dit à monsieur Pelletier, l'inscription complète se trouve sur l'un des cadrans solaires de la cathédrale. Mais il faut faire aussi le lien avec l'horloge astronomique.

– Dans quel sens ? voulut savoir Antoine.

– Eh bien, au centre de l'horloge, il y a l'astrolabe. Il y a une aiguille qui représente le soleil et cinq autres qui représentent les planètes dont l'une est Mars, expliqua Emma posément.

– Donc, Braun veut nous parler de la planète et non du mois de mars, dit Pelletier, à qui le petit grain de beauté original de la jeune femme n'avait pas non plus échappé.

Emma croisa les jambes et enchaîna :

– Pour moi, ça ne fait pas de doute. Je suppose que vous avez déjà vu l'horloge. Sous le planétaire, il y a le défilé des jours de la semaine avec les dieux assis sur leurs chars qui apparaissent un jour précis. Pour Mars, c'est le mardi. Ça peut être encore une autre piste.

– Il faut donc trouver ce qui relie le temps, la vérité et le mardi... c'est vraiment tiré par les cheveux, objecta Antoine en faisant glisser la paume de sa main gauche le long des deux pans de son chèche.

Pelletier invita Emma à approfondir :

– Si je vous suis bien, vous pensez que le message de Braun et sa fin tragique pourraient être liés à l'horloge astronomique de Notre-Dame.

– C'est ce que je pense ! Il faudrait que j'aille la voir et que j'examine attentivement ses détails et son histoire. Le plus tôt sera le mieux.

– Antoine, accompagne madame Parys à la cathédrale. Vous avez carte blanche, j'ai informé le préfet et le diocèse.

– Merci commissaire, à plus tard.

En ce jeudi de réouverture de la cathédrale, l'archevêque et ses proches collaborateurs avaient décidé de faire sonner les cloches pour honorer la mémoire de Simon Braun et adresser une prière à tous ceux qui partageaient leur foi en un monde meilleur. La cathédrale de Strasbourg contenait seize cloches, qui carillonnaient selon un code musical précis. Le choix des cloches pour créer telle ou telle harmonie était fonction du temps liturgique et des événements. À 15 heures, c'est la cloche des grandes occasions qui résonna en envoyant dans les airs strasbourgeois les mots inscrits dans le bronze : « J'annonce les fêtes, la crainte, les grandes nouvelles, la mort pitoyable. »

Des rassemblements se firent dans et autour de l'édifice. Certains se recueillaient, d'autres manifestaient leur dégoût.

On voulait voir, jeter un œil à l'escalier qui menait à la crypte condamnée à la solitude. On voulait se renseigner, parler aux autres pour échanger des idées. Dans les rues alentour – Hallebardes, Dôme, Maroquin, Sanglier, Orfèvres, Frères –, on parlait du meurtre de la crypte.

En ce jeudi, à la PJ, trois personnes devaient être entendues. Louise Vasser, la secrétaire de la Bibliothèque humaniste de Sélestat, s'était présentée vers 10 heures. Elle était âgée de 49 ans, était mariée et avait deux enfants. Ses yeux bruns ressemblaient à deux petites billes agitées. Valérie y saisit de la ruse et ajusta ses questions en fonction. Elle incita d'abord madame Vasser à lui raconter comment elle avait fait la connaissance de Simon Braun.

– Donc, vous connaissez Simon Braun depuis environ vingt ans.

– Oui. Je l'ai vu pour la première fois quelque temps après être arrivée à la Bibliothèque humaniste, en 1993. Je suis secrétaire. Il était tellement gentil, jamais un mot de travers.

– Et il venait souvent ?

– Régulièrement, disons deux fois par mois, pour consulter des livres anciens. Il avait tellement soif de connaissance. Mon Dieu, quelle perte immense...

– Et en dehors ? enchaîna Valérie.

– Oh, un déjeuner de temps à autre. Quand il passait, il restait la journée. Et quand il faisait beau, on allait marcher un peu. Il aimait bien passer devant l'église Sainte-Foix et la tour des Sorcières. Mon Dieu !

Louise Vasser versa quelques larmes, puis se moucha bruyamment. Elle frottait nerveusement ses doigts en passant d'une main à l'autre et gigotait dans tous les sens. Des gouttes de sueur glissèrent le long de son visage, qu'elle essuya d'un coup de mouchoir.

– Essayez de vous calmer, madame Vasser. Vous voulez un verre d'eau ?

– Non, je veux qu'on arrête le coupable. C'est tellement injuste.

– Quand avez-vous vu monsieur Braun pour la dernière fois ?

Louise Vasser hésita, puis répondit :

– C'était au mois de juillet. Après, je suis partie en congés.

– Et tout allait bien ?

– Absolument. Je me souviens, il m'a même parlé de ses vacances. Il partait en août avec son épouse Claudine... dans les Landes, voilà, c'est ça.

– Et vous lui connaissiez des ennemis ?

– Un homme comme lui, pourquoi aurait-il eu des ennemis ?

– Dites-moi, madame Vasser, le lundi 9 septembre vers 8 h 30 du matin, vous avez laissé un message à Simon Braun sur le répondeur de la librairie. D'ailleurs, vous l'appelez « Simon mon chou ». Vous semblez donc très proches, une grande amitié vous lie ?

Louise Vasser détourna le regard.

– Ce n'est pas interdit, non ?

– Certes, mais vous parliez d'autre chose. Vous aviez l'impression d'être suivie depuis quelque temps. Que vouliez-vous dire à votre ami Simon Braun ?

– Je ne sais plus trop, enfin, j'avais une impression bizarre, mais...

– Écoutez, madame Vasser, ne perdons pas de temps, ne me prenez pas pour une imbécile. Je vous interroge dans le cadre d'une affaire criminelle et il vaudrait mieux que la mémoire vous revienne.

Le petit bout de femme de la bibliothèque de Sélestat sembla mal en point. Elle se décida à parler :

– Il faut que je vous le dise, mais mon mari n'en saura rien, n'est-ce pas ?

– Madame Vasser, vous êtes ici dans les bureaux de la police judiciaire et non à une vente aux enchères du silence. Poursuivez, je vous prie.

– Voilà. Depuis environ deux ans, je suis la maîtresse de Simon. C'est venu comme ça. On ne se voyait pas très souvent, mais ça nous convenait parfaitement. Il m'arrivait de venir le voir à Strasbourg.

– Et donc cette histoire de filature, c'est quoi, au juste ?

– J'avais cette impression depuis début septembre. Comme une présence, quelqu'un qui guette... Mais je n'ai jamais vu personne, c'était juste une sensation... Je voulais le dire à Simon et lui demander si sa femme n'avait pas de soupçons.

– Mais il est mort avant.

La tristesse de cette femme qui s'était remise à pleurer était réelle. Mais avait-elle dit toute la vérité ? Valérie n'en était pas convaincue.

– Une dernière question, madame. Où étiez-vous la nuit du 8 septembre ?

– Mon Dieu, quelle horreur. Je n'ai rien fait. J'étais chez moi avec mon mari et notre fille cadette qui habite avec nous.

– Très bien, nous allons vérifier tout ça.

– Faites donc, je n'ai pas peur.

L'officier Michel Lang avait réussi à joindre l'ami d'enfance de Charles Hammer, Georges Wildenstein. Épicier à Haguenau, il confirmait lui aussi l'image d'un homme toujours aimable, avec une conscience professionnelle élevée et une foi religieuse jamais démentie. Georges le trouvait simplement trop casanier et démodé. Ils s'étaient vus de plus en plus rarement, jusqu'à perdre le contact.

Lang avait aussi appelé le président de l'association Je sais lire, qui avait confirmé que l'idée de lancer une campagne de publicité avait été évoquée, mais qu'il n'y avait rien d'urgent. Pourquoi Pierre Ott semblait-il alors si pressant dans son message laissé à Braun ?

On frappa à la porte du bureau de Lang et on fit justement entrer ledit Pierre Ott. Il portait un jean blanc, un polo bleu ciel et sentait la cigarette. Un charme certain se dégageait de son visage entouré de cheveux bruns très courts, de ses yeux bleus et de son nez pointu.

Ott et Braun se connaissaient depuis une bonne dizaine d'années. À l'époque, Pierre Ott finissait ses études de droit et venait souvent à la librairie, qui n'était pas très loin du quartier universitaire de l'Esplanade.

– Je discutais souvent avec Simon et il me laissait consulter des bouquins. C'était ce qu'on appelle un chic type.

– Et vous êtes devenus bons amis, ajouta Lang d'une voix neutre.

– Oui, oui, il est même venu à mon mariage avec son épouse. Ce mariage a mal tourné et là, Simon n'a pas approuvé mes choix.

– Il vous a fait la morale ?

– En quelque sorte. Il ne comprenait pas pourquoi tant de couples se défaisaient.

– Et pour l'association ?

– C'est Simon qui m'a demandé si je voulais en être le trésorier. L'association a été créée il y a à peu près cinq ans.

– Très bien, monsieur Ott, répondit Lang en regardant son interlocuteur droit dans les yeux.

Mais Pierre Ott n'était pas intimidé. Il conservait son air décontracté, ne laissant échapper aucun signe d'hésitation ou de panique. Lang poursuivit :

– Et comment saviez-vous que votre ami Braun devait se rendre à la librairie le dimanche 8 septembre ?

– C'est simple, j'ai appelé chez lui à la maison, et sa femme m'a dit qu'il venait de partir pour s'y rendre.

– Et quand l'avez-vous vu pour la dernière fois ?

– Laissez-moi réfléchir, dit Ott en se frottant le menton. Je pense que c'était fin juin, début juillet. Odile avait organisé un barbecue chez elle et...

– Odile ?

– Odile Reich. C'est une amie commune, elle est violoniste à l'orchestre philharmonique de Strasbourg.

L'officier Lang nota soigneusement ces informations et observa Pierre Ott. Son air décontracté avait un côté exagéré. Les regards perçants et la voix rocailleuse de Lang restaient sans effet.

– Où étiez-vous dans la soirée et la nuit de dimanche dernier ?

– J'ai passé la soirée avec un ami, Luc Berger.

– Mais encore...

– On s'était donné rendez-vous vers 18 heures pour aller boire un verre. On était place du Marché-Gayot, en terrasse, car il faisait beau.

– Ah, la fameuse PMG, toujours animée ! Et vous êtes restés longtemps ?

– Nous sommes partis après 20 heures. On voulait voir un film au cinéma Odyssée.

– Quel film ?

– C'était *Boulevard du crépuscule*. Il y avait une séance à 20 h 40.

– Eh bien, nous demanderons confirmation à votre ami Luc Berger. Et de quoi parlait ce film ? Des acteurs connus ?

– Ah, oui ! William Holden, Gloria Swanson, vous connaissez ? demanda Pierre Ott sur un ton sarcastique. Ça raconte l'histoire de Joe, un scénariste raté qui va s'installer chez Norma Desmond et...

– OK, monsieur Ott. Et après la séance ?

– Luc m'a proposé de passer chez lui pour prendre un verre. Il habite rue des Juifs. Nous avons bavardé et je suis parti vers minuit pour rentrer chez moi.

– Monsieur Ott, je vous remercie, nous allons vérifier tout ça. Vous pouvez repartir.

– Je vous en prie, j'espère que vous ferez tout pour trouver le fumier qui a tué notre cher Simon.

Michel Lang nota l'emploi du mot « notre ». Il regarda le professeur de droit s'éloigner, puis contacta Luc Berger pour le convoquer à la PJ.

*

En pénétrant dans la cathédrale, Emma admira les vitraux, les broderies en pierre de la chaire et l'abside. Comme lors de ses deux précédentes visites, elle s'émerveilla de l'ambiance particulière qu'installaient les ombres et les lumières, le visible et l'invisible. Arrivée devant l'horloge, elle se retourna et montra à Antoine les restes de la première horloge, celle des Trois-Rois. Puis, elle lui indiqua l'endroit où passaient les sept divinités assises sur des chars, dont Mars qui défilait le mardi.

– La deuxième horloge a été construite au XVIe siècle. Vous rendez-vous compte d'à quel point les artisans de l'époque ont su représenter la marche du temps ?

– Ah, vous savez, madame Parys, je n'y connais rien. J'aimerais surtout comprendre l'importance du mardi par rapport au crime.

– Eh bien, peut-être que la vérité éclatera un mardi… Quelquefois, c'est dans le passé d'un monument qu'on trouve la solution. Cette horloge doit sa perfection au mathématicien Dasypodius, à l'astronome David Wolkenstein et aux frères Habrecht, des horlogers talentueux.

– Vous aviez parlé des cadrans solaires sur la façade sud.

– Oui, ce sont aussi Dasypodius et Wolkenstein qui en sont les auteurs. C'est en lien avec l'horloge, ça leur permettait d'en vérifier le bon fonctionnement. Regardez l'astrolabe planétaire, ajouta Emma en le montrant du doigt. Une aiguille représente le soleil. Mais il y en a cinq autres et là aussi, la planète Mars est représentée avec Vénus, Mercure, Jupiter et Saturne.

– Ce qui est représenté aussi, c'est la mort, non ?

– Oui ! Regardez ! Au troisième étage, entre les deux anges, on a les quatre âges de la vie qui défilent devant le Christ. La cloche sonne la mort.

Emma scruta le coq qui, au sommet de l'horloge, chantait chaque jour à l'heure de midi, au passage du quatrième apôtre, puis du huitième et du douzième. Les automates représentant les douze apôtres avaient été réalisés au XIXe siècle, sous la direction de Jean-Baptiste Schwilgué, le créateur de la troisième horloge. Elle repensa à Mars, à la fois divinité et planète. Si le lieutenant Meyer ne semblait pas intéressé par la cathédrale et son horloge, elle avait pourtant l'intuition qu'en fouillant son histoire, il serait possible de découvrir les raisons et l'auteur du crime.

– Lieutenant Meyer, saviez-vous que la troisième horloge a été inaugurée le 31 décembre 1842 ? Le comput ecclésiastique est un chef-d'œuvre. Chaque année, et justement le 31 décembre à minuit, ce calculateur mécanique génial calcule la date du jour de Pâques et reste inactif jusqu'à l'année suivante.

– Eh bien, j'apprends un tas de choses avec vous ! Au fait, vous pouvez, tu peux m'appeler Antoine, ce sera plus simple.

– Va pour Antoine, et va pour Emma, répondit la jeune femme avec un grand sourire. Pourrions-nous faire un tour dans la crypte ?

– Bien entendu. Elle reste fermée au public pour le moment.

Emma contempla la crypte, qui datait du XIe siècle. C'était la partie la plus ancienne de la cathédrale. Elle regarda les deux portes en bronze derrière lesquelles se trouvait le caveau des évêques, puis passa devant les colonnes et les chapiteaux ornés de bêtes monstrueuses. Le froid la fit frissonner. En avançant vers l'autel, Antoine dit :

– C'est là que le sacristain qui a découvert le corps prétend avoir vu une croix ansée qui aurait disparu.

– Voilà qui est intéressant. Une croix ansée, ça représente l'immortalité.

– À condition de croire les dires du sacristain...

– Pour quelles raisons inventer ça ? Et si l'assassin a eu le temps de la reprendre, c'est aussi parce qu'il y tient. Pour lui, c'est sans doute une protection.

– En tout cas, il semble connaître les lieux, puisqu'il a repris l'objet pendant que Charles Hammer est retourné au presbytère qui est à deux pas d'ici.

– Oui, mais pourquoi était-il dans la crypte avec Simon Braun ? Se connaissaient-ils ?

– C'est vraisemblable puisqu'il n'y a pas eu trace de lutte, répondit Antoine alors qu'ils remontaient tous deux vers la nef centrale.

Il y avait énormément de monde dans la cathédrale. Malgré cela, un certain silence y régnait. Les gens murmuraient. Il y avait des touristes, bien sûr, mais les nombreuses conversations qui parvenaient aux oreilles d'Antoine et d'Emma étaient celles de Strasbourgeois qui ressentaient le besoin d'investir les lieux. L'empoisonnement de Simon Braun et ce qu'on appelait déjà le sacrilège à Notre-Dame attiraient résolument davantage les foules que les saintes écritures.

★

Dans les locaux de la PJ, l'officier Nicolas Herzog fit entrer Arthur Braun, le fils du libraire. Il portait un complet gris perle, un polo rose vif et des lunettes de soleil. Pour ceux qui connaissaient les Braun, le fils ressemblait à sa mère : même visage ovale, mêmes grands yeux bleus. Les siens aussi avaient pleuré cette mort subite et inconcevable.

– Monsieur Braun, prenez place. Je vous présente toutes mes condoléances.

– Merci. Quand ma mère m'a appelé, j'ai eu l'impression de vivre un cauchemar. Qui a pu vouloir tuer mon père, c'est totalement invraisemblable. Vous avez découvert quelque chose ?

– Rien de nouveau pour le moment. Monsieur Braun, étiez-vous en bons termes avec votre père ?

– On ne se voyait pas souvent, j'habite à Avignon, où je tiens un salon de thé.

– Ça ne répond pas à ma question, insista Nicolas Herzog.

– Nous avions quelquefois de petits différends et la distance géographique les réduisait, répondit Arthur avec une expression de regret.

– De quel ordre étaient ces différends ?

– Mon père n'a jamais accepté mon homosexualité. Il avait de beaux projets pour moi, comme tous les parents je suppose. Une femme, des enfants, une maison avec jardin... Mais malheureusement, je ne suis pas celui qu'il espérait.

– L'employé de la librairie, Maxime Holst, nous a en effet parlé d'une conversation téléphonique entre votre père et vous. Il parlait d'un entremets qui porterait le nom d'Hector.

Arthur ferma les yeux et prit une profonde inspiration. Il se souvenait de cette discussion tant il avait été marqué par l'agressivité et la froideur de son père.

– Hector, c'est mon ami, l'homme avec lequel je vis. Mon père a toujours refusé de le rencontrer. Maman est venue deux ou trois fois à Avignon, mais elle n'a jamais réussi à le convaincre.

– Je comprends. Monsieur Braun, je suis obligé de vous demander où vous étiez dimanche dernier et dans la nuit de dimanche à lundi.

– Ah, le fils qui tue son père dans la crypte de la cathédrale pour se débarrasser d'un problème insoluble... Vous savez que ça ne tient pas debout. J'ai passé mon dimanche au salon de thé, on avait du monde. Les témoignages ne manqueront pas ! J'ai passé la soirée et la nuit avec Hector. Nous avons dîné dans le restaurant d'un copain.

– Très bien, monsieur Braun, je n'ai pas d'autre question.

Les deux hommes se serrèrent la main. Nicolas alla retrouver ses collègues pour faire le point en attendant le retour d'Antoine. De son côté, Anis avait interrogé Carine Verdier, la sœur de madame Braun. Il n'y avait rien de particulier à signaler et son alibi était sans faille.

★

En sortant de la cathédrale, Emma eut envie d'être seule et de se dégourdir les jambes. Vers 19 heures, elle prit le tram E à l'arrêt République. Elle passa par le quartier du Contades. Elle vit également le bâtiment de France 3 Alsace, le Parlement européen, le Conseil de l'Europe et la Cour européenne des droits de l'homme. Elle sortit au terminus Robertsau Boecklin. Son amie Valentine habitait juste à côté, rue des Fleurs. C'était le moment des retrouvailles :

– Salut ma belle, dit Valentine en ouvrant la porte d'entrée de son appartement.

– Valentine, ça me fait tellement plaisir, répondit Emma en serrant la jeune femme dans ses bras.

Elles évoquèrent de nombreux souvenirs en prenant un apéritif. Le duplex de Valentine était lumineux et confortable. Installées sur l'immense canapé couleur marron glacé, elles parlèrent aussi de leur présent : Valentine tenait une boutique de mode dans le quartier de la Robertsau où elle habitait. Son petit ami, qui était en déplacement, travaillait au service de presse du Conseil de l'Europe.

– Tu passeras faire un grand tour. Je suis sûre que tu trouveras des fringues à ton goût. En plus, tu pourras essayer la collection automne/hiver. Dis donc, quand je pense que tu vas travailler avec la PJ sur cette histoire de meurtre à la cathédrale ! Je trouve ça trop excitant !

– Oui, c'est une sacrée aventure, mais ce n'est que le début. D'ailleurs, il faut que je potasse sérieusement l'histoire de la cathédrale.

– Et il y a du nouveau ?

– Discrétion absolue, ma chère ! Mais j'aime bien travailler avec le lieutenant qui est chargé de l'affaire, et le divisionnaire est plutôt du genre pragmatique et rassurant.

– Et donc, le lieutenant est sympa...

– Il est adorable, avec son chèche et ses beaux yeux gris !

Emma et Valentine éclatèrent de rire avant de se mettre en route pour le restaurant Sandkischt, qui était à deux pas. Il faisait encore assez doux pour manger sur la terrasse entourée de plantes grimpantes. Les deux jeunes femmes dégustèrent le fameux flammekueche, un plat traditionnel alsacien à base de pâte à pain, de fromage blanc, d'oignons et de lardons qu'Emma ne connaissait pas, accompagné d'une bière fraîche. Rassasiées et joyeuses, elles rentrèrent se coucher.

Installée confortablement dans un grand lit, Emma fit des recherches plus précises sur l'horloge de la cathédrale. Elle consulta entre autres un alsatique paru récemment. Un chapitre était consacré à la cathédrale de Strasbourg et notamment au rayon vert que le soleil faisait naître à partir du pied de l'un des douze fils de Jacob, Juda, représenté sur un vitrail datant du XIXe siècle au triforium sud. Ce rayon éclairait petit à petit la tête du Christ en croix se trouvant sur la chaire. Ce phénomène avait lieu chaque année, un peu après l'équinoxe d'automne et un peu après celui du printemps. Emma fixa la photo qui accompagnait le texte. On y voyait une lumière verte éclairer Jésus-Christ en croix. Le mot « mars » griffonné par Braun avait-il un lien avec cela ? Elle trouva l'idée plutôt improbable, mais se dit que si elle était encore dans la capitale alsacienne autour de l'équinoxe d'automne, elle ne manquerait pas l'événement.

Avant de fermer les yeux pour une bonne nuit de sommeil, elle lut les premières pages d'un petit livret sur la maison Kammerzell, construite à côté de la cathédrale. Cette maison à colombages, datant du XVe siècle, était réputée pour être l'une des plus belles demeures de la ville. Emma apprit qu'un certain Martin Braun, riche commerçant, avait racheté la maison en 1571 en y ajoutant plus de soixante-dix fenêtres et des sculptures en abondance. Elle referma le livret et sourit à l'idée d'un lien familial entre ce Martin Braun et la victime. Elle en parlerait à Antoine le lendemain.

★

Il avait écrit les premiers mots de son autobiographie à l'âge de dix ans. Il ressentait un immense besoin de raconter son histoire, mais les souvenirs d'enfance qui le hantaient étaient fragmentaires. Il rendait grâce à madame Moreau, qui l'avait élevé jusqu'à son entrée au pensionnat pour garçons et qui, un jour, lui avait envoyé une lettre pour lui dire la vérité.

Chapitre 5

Pour les superstitieux, ce vendredi 13 septembre exigeait une prudence particulière. Antoine Meyer, pour sa part, avait franchi la porte de son bureau à l'aube. Il lut toutes les informations laissées par ses collègues : le dossier Braun s'étoffait de dépositions et d'alibis. Deux nouveaux noms apparaissaient dans l'organigramme, Odile Reich et Luc Berger. Antoine espérait qu'ils apporteraient de nouveaux éléments. Il relut la déposition de Pierre Ott et les remarques de Mike, qui trouvait l'homme un peu trop sûr de lui. Ott avait pourtant semblé paniqué lorsque Valérie lui avait appris la nouvelle de la mort de Braun. Il fallait attendre le témoignage de son ami Berger.

Quant aux résultats de la police scientifique, ils n'avaient rien révélé qui puisse faire avancer l'enquête. Le poison provenait d'une plante toxique qui n'avait pas encore pu être identifiée.

– Salut Chechmann, comment ça va ? Remis de tes émotions ?

– Très drôle, Anis !

– Tu sais, on parle déjà d'Emma Parys dans les journaux. Je ne savais pas qu'elle avait planché sur l'affaire de l'abbaye de Bellefontaine. C'est toi qui as vendu la mèche ?

– Il ne s'agit pas de vendre la mèche, c'est Pelletier qui a décidé de rendre ça public.

– Pour faire peur au meurtrier ?

– Pourquoi pas, répondit Antoine en lançant un clin d'œil à Anis. As-tu vérifié l'alibi de Louise Vasser ?

– Oui. Sa fille m'a expliqué que dans la nuit de dimanche à lundi, vers une heure du matin, elle s'était rendue dans la cuisine pour boire un verre d'eau. Sa mère y était, en train de manger de la glace. Il paraît qu'elle fait ça quand elle n'arrive pas à dormir. Monsieur Vasser prétend également que sa femme a passé la soirée et la nuit avec lui, à leur domicile.

– Je ne sais pas pourquoi, mais je ne crois pas un instant qu'elle puisse avoir été la maîtresse de Simon Braun. Il va falloir interroger son épouse. En tout cas, je vois mal comment Louise Vasser aurait pu se trouver avec Braun dans la cathédrale, en pleine nuit, puis parcourir plus de cinquante kilomètres pour rentrer chez elle à Sélestat...

– Moi, je vais interroger Odile Reich, la violoniste de l'orchestre philharmonique de Strasbourg, elle ne devrait pas tarder.

– Et Luc Berger ?

– C'est Valérie qui s'en charge.

On frappa à la porte. Emma entra avec une belle énergie. Ses cheveux étaient remontés et elle portait une tenue décontractée ainsi qu'une paire de baskets. Anis ressortit assez rapidement. Emma raconta ses découvertes de la veille. Elle souligna la coïncidence du nom d'un ancien propriétaire de la maison Kammerzell, Braun, identique à celui de la victime. Antoine répondit qu'il allait demander des recherches généalogiques, mais que remonter jusqu'au XVIe siècle risquait de prendre du temps. Emma répondit qu'elle en parlerait à madame Braun, car de plus en plus de personnes étaient attirées par la recherche de leurs ancêtres.

Le téléphone sonna :

– Lieutenant Meyer ?

– Oui, madame.

– Madame Braun à l'appareil. Ce matin, en voulant prendre un livre dans la bibliothèque du salon, j'ai trouvé un message adressé à mon mari. Je n'y comprends rien, mais...

– Très bien, madame Braun, je vais passer le récupérer afin que nous puissions l'analyser. Merci beaucoup.

– Merci à vous, je vous attends.

Sans tarder, Emma et Antoine se rendirent au domicile de Claudine Braun.

Anis fit quelques pas et s'arrêta devant la fenêtre de son bureau. Odile Reich attendait calmement les questions du jeune policier. Elle avait posé à ses pieds son étui à violon. Ses cheveux blonds et courts illuminaient un visage harmonieux.

– Madame Reich, vous étiez une amie de Simon Braun. Personne ne semble comprendre pourquoi un homme aussi honnête et apprécié que lui a été assassiné. Quand l'avez-vous vu ou entendu pour la dernière fois ?

– À force de tourner tout ça dans ma tête, je me dis que Simon a été victime d'un fou, je ne peux pas imaginer autre chose. Il était au mauvais endroit au mauvais moment. Et qui sait si le meurtrier ne va pas recommencer ailleurs.

Elle reprit après un silence :

– J'ai vu Simon pour la dernière fois il y a environ deux semaines. J'étais passée à la librairie pour commander un livre sur Gustav Mahler et nous avons pris un café dans l'arrière-boutique.

– Et monsieur Braun, il était comme d'habitude ?

– Mais oui, il m'a raconté ses vacances avec Claudine.

– Très bien. Et depuis quand le connaissez-vous ?

– Ça fait quelques années. Lui et son épouse viennent régulièrement écouter les concerts de l'orchestre philharmonique. On a sympathisé lors d'un concert organisé au profit de l'association dont s'occupait Simon.

– Et connaissez-vous Pierre Ott ?

– Jojo, mais oui, bien sûr, c'est même Simon qui me l'a présenté. Le beau Jojo qui joue avec son charme ! Il a des talents de séducteur, mais il n'a pas réussi comme Simon...

– C'est-à-dire ? demanda Anis en jouant le candide.

– Il aurait aimé être admiré comme l'était Simon. Son côté superficiel, c'est le miroir de ses relations, il plaît au premier abord, mais on s'en lasse rapidement. Alors que Simon, c'était la classe naturelle...

– Et il jalousait monsieur Braun ?

– Disons qu'il aurait aimé lui ressembler, mais qu'il n'y arrivait pas...

– Au point de vouloir le tuer dans un accès d'envie maladive ?

– Ne me faites pas dire ce que je n'ai pas dit, ni même pensé. Il y avait un peu de jalousie, mais certainement pas au point de tuer ! répondit Odile Reich avec douceur.

Lorsqu'elle s'exprimait, il émanait de la violoniste une sérénité remarquable, une délicatesse qui la rendait inaccessible. Anis avait tenté de la déstabiliser, mais sans résultat.

En arrivant chez Claudine Braun, Emma et Antoine firent la connaissance d'Arthur et de son ami Hector Delatour. Ce dernier regrettait amèrement que le père de son ami n'ait jamais accepté de le rencontrer. Pour Simon Braun, il n'avait jamais existé. Et personne ne pouvait plus rien y changer.

– Voilà ce que j'ai trouvé, monsieur Meyer. Mais qu'est-ce que tout cela veut dire ?

Elle lui tendit une feuille de papier sur laquelle avait été imprimé un texte :

« Retrouve-moi à côté de Sabine à minuit. Il faut trouver une solution pour la protéger. En l'honneur de Dasypodius. Notre sort en dépend. Ad lucem. »

– Madame Braun, ce message va nous aider à avancer dans l'enquête, affirma Antoine.

– Je l'espère. Et merci à vous, madame, pour votre participation, dit-elle en regardant Emma avec tristesse.

– Nous ferons tout pour trouver l'assassin de votre mari, ajouta Emma avec compassion.

– J'ai une dernière question, ajouta Antoine. Savez-vous que votre mari avait sur son pied droit un petit dessin représentant un soleil ?

– Oui, je l'ai toujours connu avec ce tatouage. C'est une idée qu'il a eue quand il était très jeune, alors que je ne le connaissais pas encore. Il voulait faire dans l'originalité.

– Merci, madame, répondit Antoine avant de partir.

Tout en marchant, Emma décomposait les mots du message. Pour Antoine, c'était une charade.

– C'est quoi, ce rendez-vous à côté de Sabine ? questionna le lieutenant Meyer en pointant le papier du doigt.

– Eh bien, je crois qu'il s'agit d'une statue qui se trouve sur le portail du transept sud de la cathédrale, celle de Sabine von Steinbach, fille d'Erwin, considéré comme le créateur de l'édifice.

– Intéressant ! Donc, Braun devait retrouver quelqu'un. Mais pour faire quoi ?

– En tout cas, ça rejoint ma première idée. C'est lié à l'horloge astronomique.

– Oui, vous m'aviez parlé de ce Dasypodius.

– Et on dirait qu'un danger pèse sur la belle horloge du mathématicien. Quelqu'un a voulu prévenir Braun…

– Mais dans « notre sort », de qui parle-t-on ?

– En tout cas, Braun est mêlé à ce sort. S'il avait rendez-vous à cet endroit, c'était dimanche soir…

– Et le rencart s'est très mal passé, ajouta Antoine tout en faisant glisser la paume de sa main gauche le long des deux pans de son chèche à carreaux noirs et gris.

– Comment sont-ils entrés dans la cathédrale ?

– Je n'en sais fichtre rien ! D'après le sacristain, le système d'alarme était en panne.

– On n'entre pas dans la cathédrale comme dans un moulin. Il est possible qu'ils aient utilisé un double de clé de la sacristie, non ?

– C'est une possibilité. Mais tant qu'on n'aura pas fait le lien entre Braun et la cathédrale, on piétinera... Bon ! Et « *Ad lucem* », ça vous dit quoi ?

– Ça veut dire « Pour la lumière » !

– Eh bien moi, ça ne m'éclaire pas, pour le moment... Quel embrouillamini !

À la PJ, Marielle avait fort à faire. Entre la presse, les relances du diocèse et les conseils du préfet, les appels se succédaient. Yves Pelletier savait qu'il fallait agir avec diplomatie. Mais pour lui, l'important était de mettre la main sur le meurtrier. Son intuition lui soufflait que le mobile de ce crime contredisait la gentillesse réputée de Simon Braun. Loin de lui donner le bon Dieu sans confession, il comptait sur son équipe pour trouver la faille.

Valérie accrocha son blouson en cuir au portemanteau et descendit dans le hall d'accueil. De généreux rayons de soleil embrasaient l'espace. Luc Berger était assis bien droit. Lorsque Valérie croisa son regard, elle se sentit transpercée. Ses yeux noirs étaient déroutants.

– Monsieur Luc Berger, bonjour, veuillez me suivre, je vous prie.

– Bonjour ! dit sèchement l'homme en se raclant la gorge.

Il était de taille moyenne, ses cheveux étaient coiffés en arrière et dévoilaient un front haut. Son nez aquilin et ses traits épais dessinaient un visage ingrat.

– Monsieur Berger, connaissiez-vous Simon Braun ?

– Oui, par l'intermédiaire de Jojo, enfin, de Pierre Ott.

– Depuis quand ?

– Je ne sais plus au juste, un peu plus de dix ans. Simon s'intéressait beaucoup à mon métier.

– Qui est ?

– Je suis tailleur de pierre, je travaille à la fondation de l'Œuvre Notre-Dame. Je participe donc au maintien de la beauté de la cathédrale, ajouta fièrement Luc Berger en se raclant une nouvelle fois la gorge.

– Et monsieur Braun...

– Simon était un chic type. Je l'ai emmené de nombreuses fois dans les ateliers de la rue des Cordiers pour lui montrer comment je travaille. Il est venu aussi avec moi dans la tourelle d'escalier de la cathédrale. On a dû vous dire qu'il était un vrai fan de l'horloge.

– En effet... Et quand l'avez-vous vu pour la dernière fois ?

– Oh, ça faisait un moment que je ne l'avais pas vu ni entendu. On ne se voyait pas si souvent.

– Un moment, ça veut dire quoi ? Plusieurs semaines, des mois ? insista Valérie en soutenant le regard ténébreux de Luc Berger.

– Laissez-moi réfléchir... Il me semble que c'était au mois de juillet, au barbecue d'Odile à la Wantzenau.

– Vous parlez d'Odile Reich ?

– Oui, c'est une amie commune.

– Très bien. Monsieur Pierre Ott nous a affirmé avoir passé avec vous la soirée du dimanche 8 septembre.

– Oui, je confirme. On était au cinéma et on a bu un verre chez moi.

– Et à quelle heure monsieur Ott est-il parti ?

– Il devait être aux environs de minuit.

– D'accord, et...

– Tenez, ça me revient, il m'a même envoyé un SMS une

fois arrivé chez lui pour me dire que c'était une soirée sympathique et que c'était à refaire.

– Merci, monsieur Berger.

– Vous savez, avec Jojo, on ne comprend pas ce qui a pu se passer. Et c'est quoi, cette histoire d'empoisonnement ?

– Eh bien, c'est une plante toxique qui est à l'origine de cet empoisonnement, mais pour le moment on ne parvient pas à l'identifier.

– C'est vraiment horrible, répondit Luc Berger en se raclant une dernière fois la gorge avant de quitter les bureaux de la PJ.

En sortant du bâtiment, il croisa une très jeune femme. Elle se dirigeait vers l'accueil et demanda s'il était possible de parler à quelqu'un qui s'occupait de l'affaire Braun. On la fit patienter. Au bout d'une dizaine de minutes, l'officier de police Nicolas Herzog vint à sa rencontre.

– Bonjour, mademoiselle ! Vous souhaitez nous parler au sujet du meurtre de Simon Braun ?

– Oui, monsieur, j'aimerais vous faire part d'une information qui pourrait peut-être vous aider.

– Veuillez me suivre, nous serons plus au calme dans mon bureau.

Une fois installés, Nicolas Herzog demanda :

– Pouvez-vous décliner votre identité ?

– Je m'appelle Aurélie Bach, je suis née le 2 décembre 1995 à Colmar et j'habite au 15, avenue du Général-de-Gaulle à Strasbourg. C'est dans le quartier de l'Esplanade.

– Merci beaucoup. Vous connaissiez la victime ?

– Oh non, simplement de vue. Je suis étudiante à la faculté de lettres et je viens quelquefois à la librairie Argentoratum. Donc, j'ai déjà croisé monsieur Braun. Il était toujours d'une grande gentillesse et très serviable. J'étais à la librairie la semaine dernière.

– Vous souvenez-vous du jour ?

– Oui, c'était le mardi, donc le 3 septembre. Je m'en souviens car c'était le jour de l'anniversaire d'une amie qui faisait une petite fête le soir même.

– Et que s'est-il passé à la librairie ?

– Ce jour-là, il était déjà tard quand je suis entrée. C'était quasiment l'heure de la fermeture, donc presque 19 heures. L'employé qui travaille à la librairie n'était pas là. Je suis entrée, j'ai regardé le stand des nouveautés, puis j'ai cherché un livre que je voulais acheter. Je suis allée au rayon « Lettres et langue française ». Il est au fond du magasin. C'est là que j'ai entendu une discussion entre plusieurs personnes.

– Et que disaient-elles ? demanda Nicolas avec impatience.

– Je n'ai pas tout entendu avec précision, la porte était fermée. Mais une voix d'homme a parlé de menaces, de quelqu'un qui cherchait à voler un secret. Il n'arrêtait pas de se racler la gorge. Il y avait aussi une voix féminine mélodieuse, j'ai pu comprendre qu'il était question d'« utiliser l'horloge » et de lions qui allaient rugir. Et une autre voix d'homme s'est adressée à un certain Jojo et a parlé d'un coq et du soleil. Je suis désolée d'être aussi vague, mais si cela peut aider... Après ça j'ai quitté la librairie en catimini.

– Oui, mademoiselle Bach, vous avez bien fait de venir nous voir. Je vous en remercie infiniment. Si d'autres détails vous reviennent, n'hésitez pas à me contacter, je vous laisse mon numéro et je vais aussi prendre le vôtre.

En fin d'après-midi, toute l'équipe se retrouva en compagnie d'Emma et d'Yves Pelletier. Ce dernier écoutait avec attention ce que chacun avait appris depuis le début de l'enquête. Le message trouvé chez Braun et le témoignage de l'étudiante apportaient un nouvel éclairage.

– Vous aviez raison, Emma Parys, le lien avec l'horloge de la cathédrale devient de plus en plus net, dit Yves Pelletier en se tournant vers Emma.

– D'autant plus que le témoignage de cette jeune étudiante le confirme, dit Nicolas en regardant le commissaire.

– Et ça montre aussi que certaines personnes mentent, s'exclama Valérie. À commencer par Luc Berger, qui dit qu'il n'a pas vu Braun depuis le mois de juillet !

– Très juste, enchaîna Anis, et je ne parle pas de cette Odile Reich avec son air charmant. J'ai l'impression qu'elle n'est pas très claire...

– Si on devait se fier à tes impressions, on n'aurait que des crimes sans coupables, grogna Lang avec dédain.

– Oh ça va, monsieur Mike-Je-sais-tout, tu te prends pour Maigret ? renchérit Anis en l'imitant.

– Bon, les gars, on a autre chose à faire. Vos histoires personnelles commencent sérieusement à me chauffer les oreilles. S'il vous faut une autre convocation pour calmer le jeu, on peut fixer une date tout de suite, répondit Pelletier en haussant le ton.

Gênés, les deux officiers se calmèrent rapidement : ils savaient que le chef ne plaisantait pas. Emma était impressionnée par le respect qu'il imposait tout naturellement. Elle regarda Antoine avec un brin de complicité. Pelletier donna ses instructions. Il fallait creuser du côté de Louise Vasser, Odile Reich, Pierre Ott et Luc Berger. L'enterrement de Simon Braun était prévu le lundi 16 septembre à 15 heures. Antoine et Valérie étaient chargés d'y assister.

Avant de quitter les locaux de la police judiciaire, Emma prit soin d'emporter une copie du dossier pour l'étudier tranquillement. Antoine lui souhaita un bon week-end. Puis il scruta le tableau blanc où apparaissaient les noms des protagonistes et ses annotations. Il pensa à la secrétaire et supposée maîtresse de Braun, à la violoniste romantique, à Jojo la frime et au tailleur de pierre impassible. Il murmura :

– Quelle comédie jouent-ils ? Entre les airs mièvres de Reich, les lamentations de Vasser, le Jojo super cool et le sombre Berger, quelque chose ne va pas... Que cherchent-ils à dissimuler ?

Emma passa le samedi à faire un tour à la Petite-France. Elle se promena sur le pont Saint-Martin puis devant la Maison des tanneurs et sur les Ponts couverts posés sur les bras de la rivière l'Ill. Un peu plus tard, elle entra dans l'église Saint-Thomas, celle qu'on appelait la « cathédrale du protestantisme » en Alsace. Elle fut émerveillée par la lueur du chœur et par la beauté du sarcophage de l'évêque Adeloch. Quelqu'un jouait du Bach sur l'orgue Silbermann que Mozart avait touché de son génie. Et quand Emma se retrouva devant la plaque funéraire d'un transi, elle tressaillit tant la représentation du défunt en décomposition était réaliste.

Puis, elle s'installa un long moment sur une terrasse de la belle place Benjamin-Zix en dégustant une glace. Elle se plongea alors dans le dossier Braun.

Le dimanche, Valentine emmena Emma visiter Obernai. Toutes deux portaient une casquette et des chaussures de sport pour affronter les pavés et les ruelles pittoresques. La place de la Mairie était remplie de monde. Emma admirait les maisons à colombages et les lucarnes de la halle aux céréales. Elle s'arrêta un moment devant le splendide puits Renaissance à six seaux. Son amie lui fit découvrir les galettes de pommes de terre qu'on appelle en alsacien *grumbeerekiechle*, qu'elles dégustèrent dans une taverne aménagée dans un bâtiment du XVIIIe siècle. Emma essaya sans succès de prononcer ce mot, ce qui fit beaucoup rire le serveur, qui l'aida avec plaisir à le répéter. Enfin, ses papilles gustatives furent comblées avec le dessert, une tarte au fromage blanc d'une légèreté saisissante.

Le dimanche se termina tout en douceur. Avant de s'endormir, Emma pensa à son père, qu'elle n'avait jamais connu et qu'elle cherchait sans relâche depuis quelques mois, depuis le jour où elle avait décidé qu'il était toujours vivant et qu'elle le retrouverait un jour.

★

Pour la quatrième fois, il écouta le *« Dies irae » du Requiem de Mozart. Dies iræ, dies illa, Solvet sæclum in favílla*, Jour de colère, ce jour-là, Il réduira le monde en cendres. Il ne s'agissait pas de la colère de Dieu, mais bien de la sienne.

Au pensionnat de La Providence, il avait appris que la fureur était utile pour devenir le meilleur. On l'avait mis là parce qu'on ne voulait pas de lui. Malgré sa douleur ou grâce à elle, il était devenu robuste et intrépide. Son obsession présente était de retourner à la cathédrale pour y prendre ce qu'il cherchait.

Chapitre 6

Le lundi matin, les rues de Strasbourg étaient arrosées d'une pluie fine. Charles Hammer était dans la sacristie, nettoyait les chandeliers et préparait tout ce qui était nécessaire à la messe dans la chapelle Saint-Jean-Baptiste. Depuis le jour où il avait découvert le corps de Simon Braun, il retournait toujours à la cathédrale avec une certaine appréhension. En haut de l'escalier menant à la crypte, le panneau « Entrée interdite » n'avait pas bougé. C'était mieux ainsi, il fallait du temps pour apaiser les ardeurs d'un public curieux et pour rétablir la sérénité des lieux.

Emma arriva dans le bureau d'Antoine vers 9 heures. Ses mouvements répandaient un parfum auquel elle était fidèle, une combinaison de caramel, vanille, pêche et abricot, fruits de la passion, mandarine, bergamote et chocolat noir. Antoine l'apprécia beaucoup et se dit qu'il se mariait bien à ce petit grain de beauté qui distinguait la jeune femme. Le vert d'eau et le gris perle de leurs regards se croisèrent.

L'entrée tonitruante de Valérie, habillée tout en noir, brisa la rêverie.

– Bonjour Emma, salut Antoine. J'ai du nouveau ce matin ! Parmi les documents divers et variés de l'arrière-boutique de la librairie, on a trouvé un courrier intéressant ! On a relevé les empreintes. Elles correspondent à celles de Braun et d'une autre personne.

– Ah ! De quoi s'agit-il ?

– C'est une lettre qui vient du Congo et c'est signé par le curé Armel Mambou. J'ai cherché sur Internet. Il est curé à Kinkala, une ville située à environ soixante-dix kilomètres de Brazzaville.

– Et quel rapport ça a avec la mort de Braun ?

– Écoutez ça, répondit Valérie en s'adressant à Emma et Antoine. La lettre est datée du 20 août dernier.

Elle lut le contenu de la lettre :

Mon cher Simon,

Comme tu peux l'imaginer, ta lettre m'a intensément troublé. Je suis inquiet. Qui cherche à s'enrichir en voulant voler le soleil ? Il sera aveuglé. Quoi qu'il arrive, nous resterons fidèles à notre reine du temps. Le coq chantera chaque jour encore. Notre quête est sans fin et rien ne peut nous distraire. Il nous faut agir au plus vite. Je compte sur vous tous pour perpétuer l'œuvre de nos bâtisseurs et pour préserver ce qu'ils nous ont transmis. Nous ne pouvons pas prendre le risque de perdre ce trésor à cause de l'entêtement d'un ignorant. Toutes mes pensées vont vers vous. Si je peux vous aider de quelque manière que ce soit, n'hésite pas à me contacter.

Bien à toi,

Armel

– Et hop, l'horloge ! Les lions, le coq, le temps ! À nouveau ! s'exclama Emma avec fougue. Le curé Mambou invoque la marche du temps. Mais quelle est sa relation avec Simon Braun ? Il est curé au Congo. Est-ce un ami de longue date ?

– Il dit aussi que l'horloge est en péril. Nous devons absolument comprendre qui se cache derrière ce « nous ». Il faut contacter Armel Mambou au plus vite et je veux des explications claires, qu'on arrête de nous manipuler.

– OK, Antoine, répondit Valérie. Convoquons aussi une nouvelle fois Luc Berger pour qu'il nous explique la raison de ses mensonges. Je suis sûre que Mambou le connaît, de même que Ott, Vasser et Reich.

Antoine acquiesça. Emma lut à nouveau le courrier du curé et pensa tout haut :

– De qui parle Mambou à propos des bâtisseurs ? Du mathématicien Dasypodius, des frères Habrecht qui ont construit la deuxième horloge et du peintre Tobias Stimmer ? Ou s'agit-il de Schwilgué et de Ungerer qui ont créé la troisième horloge ? Le trésor, c'est l'horloge, elle est tellement perfectionnée qu'elle est mondialement connue.

– Et selon les dires de Mambou, quelqu'un veut s'attaquer à ce trésor. La détériorer, détruire le coq ? Et que sait-il au juste à propos des lions ? ajouta Antoine.

– Attendez un peu, il n'y a pas que ça. Mambou parle de soleil et d'aveuglement ; et j'ai lu ce week-end qu'on avait trouvé un tout petit tatouage représentant un soleil sur la plante du pied droit de Braun. Le dessin a été agrandi et j'ai remarqué que ce soleil avait sept rayons. Ça non plus, ce n'est pas du hasard, et il faut que je trouve la symbolique qui y est liée. Le soleil tient forcément une place élémentaire considérable dans le mécanisme de l'horloge...

– Je suis bien d'accord, Emma, et je pense qu'en interrogeant encore les chers amis de Braun, ils finiront par dévoiler leur secret. D'autant plus que le tueur court toujours et qu'il n'a peut-être pas trouvé ce qu'il cherchait...

Dans l'après-midi, la cérémonie d'enterrement de Simon Braun avait réuni famille, amis et connaissances. Certains curieux et quelques journalistes avaient suivi l'office à l'église Sainte-Famille de Schiltigheim. Mais c'est en comité restreint qu'on se rendit au cimetière Sainte-Hélène pour l'inhumation, à l'endroit même où se trouvait le monument funéraire de l'horloger de génie de la cathédrale Notre-Dame, Jean-Baptiste Schwilgué. Madame Braun, soutenue par son fils, affrontait l'épreuve avec dignité. Elle avait caché son visage avec un voile en tulle noir et des lunettes de soleil.

Les pas des participants crissèrent sur le gravier lorsqu'ils avancèrent vers le curé, qui tendait l'aspersoir pour l'eau bénite. Parmi les personnes présentes, Antoine reconnut ceux qu'il considérait comme les quatre combinards, Louise Vasser, Odile Reich, Pierre Ott et Luc Berger. Les deux femmes se tenaient l'une à côté de l'autre et échangeaient régulièrement quelques mots, comme deux copines. Pierre Ott avait revêtu la couleur du deuil et gardait la tête baissée. Luc Berger se tenait un peu plus loin, comme en retrait.

Antoine observait l'homme noir qui était debout à côté du curé. Une petite croix était accrochée sur le revers de sa veste. Il s'agissait peut-être d'Armel Mambou qui serait venu du Congo pour assister aux funérailles. Si tel était le cas, le lieutenant profiterait de sa présence pour le faire venir à la PJ le plus rapidement possible.

Après la cérémonie, Antoine le vit discuter avec Luc Berger. Il serra aussi la main de Jojo et fit la bise à Odile Reich et à Louise Vasser. De quatre, on passe à cinq, se dit Antoine, qui perdait patience. Il glissa furtivement la paume de sa main gauche le long des deux pans de son chèche noir et demanda à Valérie d'organiser les interrogatoires. On quitta le cimetière.

Ce même jour, plusieurs personnes avaient appelé le standard de la police judiciaire pour signaler une inscription faite à la peinture rouge sur le mur d'une maison. Accompagné d'Emma, l'officier Herzog s'était rendu sur place et avait pris quelques photos. La maison se trouvait à l'angle de la rue du Bouclier et de la rue des Dentelles. On l'appelait « Au grain de mil ». Au niveau du troisième étage, il y avait un cadran solaire ; et au bas de cette façade dégoulinaient les mots « *Tempus edax rerum* » accompagnés d'un sablier en bois contenant du sable vert accroché au mur.

Emma était inquiète et en avait parlé à Antoine dès son retour. Yves Pelletier s'était joint à eux pour en savoir davantage.

– Le temps détruit toute chose, c'est le message que cette personne nous laisse. On trouve le même au-dessus de l'un des cadrans solaires, à l'extérieur de la cathédrale côté transept sud, expliqua Emma.

– Ça ressemble fort à une mise en garde et, du coup, à une menace, dit Antoine en s'adressant à son chef.

– N'oubliez pas, messieurs, la présence du sablier qui est peut-être aussi une alerte. J'espère que les interlocuteurs principaux, qui semblent briller par leurs discours équivoques, vont craquer.

– J'y compte bien, répondit Pelletier avec une détermination ostensible. Emma, je pense qu'il faudrait creuser encore du côté de l'horloge. S'est-il passé quelque chose de particulier lors de la construction de la deuxième et de la troisième version ? Cherchez aussi du côté des architectes, horlogers, peintres et sculpteurs.

– J'aimerais retourner à la cathédrale pour ausculter l'horloge. Quand je suis sur le terrain, tout ce que j'ai lu et retenu se met en place, un peu comme un puzzle, même si je sais qu'il me manque des pièces.

– Antoine vous accompagnera. À propos, Antoine, j'aimerais que la crypte soit une nouvelle fois examinée. Si la mort de Braun a un lien avec l'horloge, il faut qu'on sache ce qu'il faisait là avec l'assassin.

Antoine reçut un appel du standard. Armel Mambou – car c'était bien de lui dont il s'agissait – avait accepté de venir après l'enterrement. Il comptait repartir au Congo une semaine plus tard.

Lorsqu'il entra dans le bureau de l'inspecteur Meyer, une atmosphère particulière s'installa, que personne ne sut expliquer. Même Pelletier, qui n'était pas homme à se laisser influencer, éprouva une forme de magnétisme qui semblait en lien avec l'humilité qui se dégageait du curé Mambou. Mais cela n'entravait en rien la lucidité des uns et des autres.

– Monsieur Armel Mambou, quelles étaient vos relations avec Simon Braun ? demanda Antoine.

– J'ai fait la connaissance de Simon il y a dix ans. J'étais venu en Alsace pour la Pâques. Alors âgé de trente ans et ordonné prêtre depuis cinq ans, j'avais la chance de pouvoir écouter l'homélie prononcée par l'archevêque. Le dimanche, j'avais été convié à une visite des ateliers de restauration de la cathédrale à la fondation de l'Œuvre Notre-Dame. C'est là que je l'ai vu pour la première fois et nous avons sympathisé. On s'écrivait de temps à autre pour prendre des nouvelles.

– Soit, mais votre courrier daté du 20 août est d'une autre nature, me semble-t-il, fit remarquer Yves Pelletier.

– Vous avez raison. Simon m'avait téléphoné pour me dire qu'il avait reçu des enveloppes anonymes à la librairie, dans lesquelles se trouvaient des messages. Quelqu'un s'était mis en tête qu'il y avait un trésor à prendre à la cathédrale de Strasbourg et que Simon savait où le trouver. Il s'agissait d'un ostensoir en or, serti de pierres précieuses, d'une immense valeur.

– Et Braun a reçu des menaces ? Qu'est-ce que vous vouliez dire quand vous parliez de soleil, de reine du temps et du coq qui chantera encore ? questionna Antoine.

– Celui qui a écrit ce message à Simon a précisé que s'il ne lui donnait pas l'ostensoir, il détruirait les mécanismes de l'horloge astronomique. Si cet homme disait vrai, il fallait absolument la protéger et je pense que vous le comprendrez.

– Oui, c'est une création exceptionnelle, dit Emma en hochant de la tête.

– Le coq et la reine du temps représentent l'horloge qui continue à tourner et l'ostensoir est en général en forme de soleil.

– Et de qui parlez-vous quand vous utilisez les mots « nous » et « vous » ?

– J'ai écrit « nous » et « vous » en parlant de Simon, de Luc et de moi-même.

– Luc ? demanda Pelletier tout en faisant quelques pas.

– Luc Berger. C'est un ami commun. Il est tailleur de pierre et comme il travaille à la fondation de l'Œuvre Notre-Dame, Simon lui avait parlé de cette histoire et pensait qu'il pouvait nous aider.

– Qui d'autre était au courant ?

– À ma connaissance, personne. Simon ne voulait surtout pas inquiéter l'archidiocèse.

– Mais pourquoi s'adresser à Braun et non à l'archiprêtre ou à l'évêque ? Il aurait pu envoyer ce message au presbytère de la cathédrale.

– Ça, je n'en sais rien.

– Peut-être parce que Simon Braun était justement un passionné de l'horloge, osa Emma.

– Oui, c'est en effet une possibilité, répondit Pelletier, qui délia légèrement le nœud de sa cravate jaune. En tout cas, l'avertissement envoyé à Braun est toujours d'actualité. Si l'assassin est un toqué qui cherche un trésor qui n'existe pas, il va poursuivre dans la même voie.

– Et il l'a annoncé aujourd'hui avec son message et son sablier sur la maison au cadran solaire, affirma Antoine.

Armel Mambou quitta le bureau. Emma relut le contenu de la lettre envoyée par le curé. Malgré ses explications indiquant le mobile du crime, elle hésitait. Les mots employés la gênaient par rapport au scénario fourni par l'envoûtant Mambou. Elle comparait cela à ce qu'on pouvait cacher dans la doublure d'une valise. Elle était surtout intriguée par la phrase « Notre quête est sans fin et rien ne peut nous distraire » que le curé mettait sur le compte de l'envie partagée de protéger l'horloge.

Yves Pelletier demanda à Antoine de mettre en place une surveillance autour de la cathédrale ainsi qu'au domicile de Luc Berger et à son lieu de travail. Emma, de son côté, avait trouvé un plan détaillé de la cathédrale et voulait ausculter l'horloge, mais aussi faire des recherches sur les objets historiques du culte qui constituaient bel et bien un trésor pour garantir des cultes éblouissants au fil du temps. Le commissaire discuta un moment avec elle et l'encouragea à poursuivre tant sa détermination était visible.

Pour la deuxième fois, Luc Berger était soumis à un interrogatoire. L'officier Michel Lang voulait le coincer et ne comptait pas prendre des pincettes pour lui faire dire la vérité. Prêt à l'attaque, il fronça ses sourcils broussailleux. De taille moyenne, il était très musclé et doté d'une grande force physique qui impressionnait.

– Monsieur Berger, vous avez affirmé que la dernière fois que vous avez croisé Simon Braun, c'était au cours d'un barbecue, au mois de juillet, chez Odile Reich.

– Oui, il me semble que c'est ça, répondit Luc Berger en se raclant la gorge.

– Et vous pensez jouer au menteur encore longtemps ?

– Pardon ? Je ne vous suis pas.

– Les sérénades de ce genre, vous pouvez les jouer à quelqu'un d'autre ! Un témoin vous a entendu parler dans l'arrière-boutique de la librairie Argentoratum le mardi 3 septembre en début de soirée.

Cette précision déstabilisa l'interrogé. Il plissa son front comme pour chercher une réponse, puis redressa son dos.

– Soyons clairs, monsieur Berger, nous savons que Braun avait reçu des menaces. C'est d'ailleurs de ça dont vous parliez avec lui ce jour-là, ainsi qu'avec Odile Reich et votre ami Jojo. Je vous rappelle qu'il s'agit d'un meurtre et que tout faux témoignage peut coûter très cher, ajouta Lang en élevant la voix.

– Si nous avions su que ça allait prendre cette tournure... Quand je pense qu'une ordure a empoisonné Simon pour une histoire de trésor imaginaire.

– Donc, vous étiez bien à la librairie le 3 septembre.

– Oui, avec Odile et Jojo. Depuis la fin du mois de juin, Simon était emmerdé par un taré qui voulait un supposé ostensoir en or avec une valeur supposée phénoménale. Ça ne tenait pas debout, mais comme il a menacé de bousiller l'horloge, on a réfléchi à ce qu'on pouvait faire.

– Et qu'avez-vous décidé ?

– Simon avait proposé de guetter l'individu. Il avait décidé de rester à la librairie le dimanche soir suivant, puisque c'est là qu'arrivaient les enveloppes qui étaient toujours dans la boîte aux lettres le lundi matin. Lorsque nous avons appris ce qui s'était passé, nous étions atterrés.

– Et l'idée de venir nous en parler, ça vous a totalement échappé ! s'exclama Michel Lang.

– Nous ne savions pas quoi faire. C'était tellement surréel. Simon avait vraiment peur que l'horloge soit détruite. En tant qu'amis, nous sommes allés le voir pour le soutenir. On voulait le rassurer et on lui a dit qu'en cas de besoin, on était là pour l'aider.

L'officier de police secoua la tête et eut un geste de colère. Il trouvait la bande de Simon Braun franchement pitoyable. Si l'histoire de l'objet luxueux caché dans la cathédrale semblait d'une absurdité totale, quelqu'un y croyait visiblement au point de ne pas avoir hésité à tuer. Lang pensa aux alibis de Jojo et de Berger et se dit qu'ils n'étaient pas assurés.

Il demanda à Luc Berger de se tenir à disposition de la justice. Le tailleur de pierre se sentit tout à coup suspecté et cette idée lui donna des sueurs froides. À cet instant précis, il eut envie de fuir, très loin, et d'oublier cette tragédie.

Durant cette même journée du 16 septembre, quelques personnes assistèrent à un épisode étrange qui leur fit froid dans le dos. Dans la deuxième rotonde des bains municipaux, boulevard de la Victoire, l'eau du bassin chaud était rouge et un sablier en bois contenant du sable vert était posé sur le rebord. La lumière provenant de la coupole éclairait le liquide vermeil et donnait au bain romain une dimension calamiteuse. Un baigneur, choqué, s'appuya contre les colonnes de marbre. Trois autres se dirigèrent vers les deux bassins de la pièce adjacente où tout paraissait normal. On ferma momentanément l'établissement par mesure de précaution et pour procéder à des analyses et au nettoyage.

Pour Antoine Meyer et ses coéquipiers, pour Emma et pour Yves Pelletier, c'était une nouvelle tentative d'intimidation qui risquait fort de semer la panique dans la ville. Au sein du clergé, la tension montait car on craignait d'autres agissements de ce type.

Installée dans un bureau non occupé de la PJ, Emma examinait un plan de la cathédrale de Strasbourg. Et si cet ostensoir était réellement caché là-bas ? Et si l'objet se trouvait quelque part dans l'horloge ? Ou ailleurs – il y avait tant d'endroits où c'était possible, où personne n'allait plus jamais, sans parler de ceux qui n'étaient pas révélés. Il y en avait toujours ! Elle voulait comprendre pourquoi les amis de Braun citaient systématiquement les lions. Il y en avait un de chaque côté de l'horloge. Elle irait demain avec Antoine.

Le téléphone portable d'Emma sonna. L'écran indiquait Claudine Braun. Mais c'est son fils Arthur qui appelait :

– Emma Parys ?

– Oui ! Bonjour !

– C'est Arthur Braun à l'appareil. Je vous appelle car vous aviez demandé à maman s'ils avaient effectué des recherches généalogiques. Elle vous avait répondu oui, mais qu'il lui fallait retrouver les documents. Vous lui aviez parlé d'un certain Martin Braun, un commerçant strasbourgeois.

– Tout à fait, pourquoi ?

– Eh bien, mon père avait réussi à remonter jusqu'au XVIe siècle et il s'avère que ce Martin est bien de la famille. Il avait acheté la maison Kammerzell en 1571. Vous l'avez vue ?

– Oh oui, c'est un vrai bijou et Martin Braun l'avait fait transformer. Je compte bien la visiter.

– Et manger dans le très bon restaurant qui s'y trouve !

– Très bonne idée. J'y penserai.

– Je ne sais pas si ça vous intéresse, mais j'ai une version électronique de l'arbre généalogique.

– Bien sûr. Vous pourriez me l'envoyer par e-mail ? Mon adresse se trouve sur la carte de visite que j'ai remise à votre mère.

– Très bien, je vous envoie ça tout de suite. Moi-même, je trouve ça passionnant.

– Je comprends, on y trouve quelquefois des choses surprenantes. Merci beaucoup, monsieur Braun.

– Je vous en prie.

En prenant connaissance de l'arbre généalogique de Simon Braun, Emma fut intriguée par un autre ascendant. Il s'appelait Eugène Braun, était né en 1867 et mort en 1955. C'était un orfèvre remarquable, qui était par ailleurs membre du conseil de fabrique de la cathédrale. Il avait aussi réalisé l'ostensoir de l'autel du sacré-cœur de la cathédrale. Décidément, monsieur Simon Braun était relié à l'édifice habillé de dentelle rose de manière indiscutable.

Elle se mit à imaginer un instant Martin Braun, accoudé à l'une des fenêtres de la façade de la maison Kammerzell orientée vers la cathédrale. Dans le petit guide qu'elle avait lu, elle avait vu des photos représentant les signes du zodiaque. Celui du cancer était en fait une écrevisse, la même que celle qu'on retrouvait sur l'horloge astronomique. D'autres photos montraient les âges de la vie comme ceux qui défilaient tous les jours avec le temps inlassablement sonnant.

Vers 19 heures, Antoine alla rejoindre Emma pour l'inviter à dîner. Elle lui parla de ses dernières découvertes et de son ressenti. Il partageait son avis sur cette part manquante, tapie au fond de ceux qui entouraient Simon Braun. Les raisons du mensonge de Luc Berger n'étaient pas convaincantes non plus, pas plus que son alibi. Mais l'inspecteur Meyer était déterminé à trouver des preuves et à mettre la main sur l'assassin.

En attendant, ils quittèrent le bureau et se rendirent au centre-ville. Antoine prit la direction de la bretelle vers l'A35 et l'A4 pour rejoindre le tunnel Wodli-Wilson. Il indiqua à Emma le complexe de la place des Halles, puis gara sa voiture rue de la Nuée-Bleue. Ils marchèrent vers la place Broglie et la jeune femme admira le bâtiment de l'Opéra national du Rhin. Elle parcourut du regard les façades de la rue des Étudiants et scruta la flèche de la cathédrale en s'arrêtant un instant place du Marché-Neuf.

– On y est presque, dit Antoine. Je vous emmène dans une winstub strasbourgeoise. Il faut tout de même que vous fassiez mieux connaissance avec la cuisine traditionnelle.

– Une winstub ? Vous traduisez ça comment ?

– En fait, ça veut dire « pièce à vin ». C'est un restaurant typique de l'Alsace. Je vais vous faire goûter aux saveurs d'antan, répondit Antoine avec espièglerie.

– C'est parfait, j'ai déjà mangé de la tarte flambée et j'ai beaucoup aimé.

Ils entrèrent dans le restaurant Tire-Bouchon par l'étroite rue des Tailleurs-de-Pierre. Ils furent accueillis avec un entrain sincère par le sommelier, que le lieutenant Meyer connaissait depuis un certain temps. Il les installa confortablement, composa quelques traits d'humour avec son accent alsacien et leur proposa un bon verre de muscat d'Alsace en apéritif. L'endroit était chaleureux, composé de lumières tamisées, de belles nappes, de poutres apparentes et de fresques murales.

Ils dînèrent d'un excellent jambonneau braisé accompagné de pommes de terre sautées et d'un pinot noir d'Alsace. La serveuse leur apporta ensuite une succulente mousse au chocolat noir avec son caramel au beurre salé. Antoine lui montra le *stammtisch*. Le sommelier expliqua à Emma que c'était la table des habitués qui se rencontrent pour boire une bière ou un verre de blanc et où l'on discute avec frénésie en refaisant le monde.

Ce fut une soirée très agréable durant laquelle la troublante Emma Parys et l'homme aux yeux gris ne parlèrent pas de travail. Ils firent plus ample connaissance, se mirent à se tutoyer tout naturellement. Sans le vouloir, Antoine aborda un sujet sensible pour Emma :

– Et tes parents vivent à Lyon, comme toi ?

– Ma mère habite à Biarritz, où je suis née, et je n'ai malheureusement jamais connu mon père, répondit Emma.

– Je suis désolé.

– Je t'en prie, tu ne pouvais pas savoir. Mon père était médecin. Quelque temps avant ma naissance, il avait commencé à travailler pour Médecins du monde. Il m'a vue naître, mais ensuite il est parti au Salvador. Il a disparu alors que j'avais cinq mois, en pleine guerre civile. Les autorités ont prétendu qu'il avait eu un accident, mais son corps n'a jamais été retrouvé.

– Mais ta mère a-t-elle fait faire d'autres recherches ?

– Elle a essayé au début avec Médecins du monde, mais c'était trop compliqué. On lui donnait toujours la même réponse. Et j'étais là, ajouta Emma en souriant. Tu vois ce pendentif, c'est la seule chose qui me reste de mon père, avec quelques photos.

– C'est un petit bâton, un symbole de celui qui voyage à travers le monde pour apporter son secours, non ?

– Oui, et moi aussi je suis prête à parcourir le monde pour retrouver mon père. Je suis certaine qu'il est en vie. J'ai prévu de partir bientôt au Salvador.

Emma ouvrit son sac à main et en sortit un portefeuille. Elle montra une photo de son père qui datait de mai 1983, quelques semaines avant sa naissance. C'était un bel homme élancé, à la peau mate.

– Tu as les mêmes yeux que ceux de ton père.

– Oui, c'est ce que dit maman. Et j'ai le même grain de beauté en forme de cœur aussi, mais le sien se trouve en haut de son bras droit, juste au-dessus du coude.

– Intéressant, ça peut te servir pour tes recherches. Je comprends que tu sois persuadée qu'il vit encore. Mais après toutes ces années... N'aurait-il pas tenté de revenir, de vous chercher, ta mère et toi ?

– Peut-être n'en a-t-il pas eu la possibilité. En tout cas, personne ne me fera changer d'avis. Même pas maman.

Lorsqu'ils sortirent du restaurant, une belle animation régnait dans les rues éclairées. Un groupe de jeunes fêtait un enterrement de vie de garçon. Quelques musiciens jouaient *The Girl From Ipanema* et des touristes asiatiques prenaient une quantité impressionnante de photos. Antoine fit passer Emma par la rue Mercière et par la rue des Grandes-

Arcades, où des SDF étaient assis avec leurs chiens de compagnie. Rue de la Nuée-Bleue, la jeune historienne jeta un long regard sur l'église protestante Saint-Pierre-le-Jeune et se dit que Strasbourg était le véritable berceau de la Réforme protestante.

Antoine déposa la jeune femme devant l'immeuble de Valentine.

– Merci beaucoup Antoine, c'était une très belle soirée. Et au fait, très beau chèche, tu as une vraie collection, c'est impressionnant !

– Oui, j'avoue !

– Ce n'est pas grave, Chechmann, ça te va très bien.

– Ah, je vois que les nouvelles vont vite...

– Eh oui, tes collègues ont vendu la mèche ! Dors bien !

*

Il faisait nuit. Il posa son sac et désamorça le dispositif de l'alarme. Sans le savoir, Simon Braun lui avait montré comment entrer dans l'édifice et comment arrêter le système. Il avait à présent toute liberté pour se déplacer. Il monta à la chaire, mais pas pour prêcher. Il se fichait éperdument de tous les prédicateurs et de leurs croyances. Il cherchait le moindre indice qui pourrait lui indiquer où était ce qu'il voulait à tout prix. Il retourna à l'horloge et prit l'escalier en colimaçon. Il ne trouva rien. Mais il souhaitait aussi leur montrer qu'il dominait la situation en attendant la puissance absolue. Il se rendit du côté nord et monta au grand orgue pour y suspendre un grand morceau de tissu en toile rouge dans lequel il avait fait des nœuds et au bout duquel il avait accroché un sablier en bois contenant du sable vert, qui arrivait à la hauteur de la statue de Samson tuant le lion.

Cette nuit-là, alors que le vent soufflait sa plainte, il savoura son avenir en allumant une bougie près de la chapelle Sainte-Catherine. Ses ricanements exaltés faisaient écho, s’engouffraient dans l’abside et parcouraient la nef centrale et le narthex.

Chapitre 7

Les premiers visiteurs du jour avaient passé le portail occidental. Un couple avança vers la nef centrale, puis se dirigea côté nord vers les vitraux de la galerie des Rois germaniques. En levant les yeux, la femme montra du doigt le voile de tissu rouge et le sablier suspendu, puis poussa un cri. Tout le monde se précipita pour regarder dans la même direction.

Il suffit d'une heure. La nouvelle avait déjà fait le tour de Strasbourg. Après un flash spécial télévisé, des annonces radio et la publication de nombreux articles sur Internet commença un défilé incessant dans la cathédrale. Des dispositifs de sécurité avaient été mis en place. Yves Pelletier avait eu de nombreuses conversations avec le préfet, l'archevêque et l'archiprêtre quant aux mesures à prendre. Il n'était pas question de fermer la cathédrale, lieu de prière et de paix, à cause d'un détraqué. Le commissaire divisionnaire devait faire face à l'impatience de ses interlocuteurs. L'Église se devait d'être forte et ne voulait pas encourager la peur de la population. Cependant, cette peur était déjà installée et doublée d'une soif de l'étrange. Il est vrai que les moyens offerts par les nouvelles technologies de l'information avaient développé une forme d'engouement pour le mystère. C'était une marchandise qui se vendait bien, et le but n'était pas là de faire la différence entre le vrai et le faux ou de permettre aux uns et aux autres de développer leurs connaissances. Mais chacun n'avait-il pas droit à cette part de rêve qui emporte vers des aventures grisantes et passionnantes ?

Fort heureusement, le rationalisme du commissaire Yves Pelletier et de bon nombre de personnes n'était pas altéré. Le meurtrier de Simon Braun courait toujours, et il fallait tout mettre en œuvre pour le coincer.

Comme prévu, Emma était retournée à la cathédrale pour examiner l'horloge astronomique. Pendant qu'Antoine inspectait les moindres recoins, elle avait emprunté l'escalier en colimaçon qui permettait d'accéder aux différents niveaux et à la galerie du portail sud. Elle se retrouva au cœur même de la mécanique. Les rouages mesurant le temps semblaient infaillibles. Emma se dit que le triste sort du libraire était relié à la mesure du temps, mais qu'elle devait comprendre les relations entre le lion, le coq, le soleil, la lune et le sablier que le meurtrier utilisait. Un groupe restreint de six personnes partageait un secret et l'une d'elles en avait payé le prix fort. Lorsqu'elle vit le défilé des apôtres accompagné par les trois chants du coq, elle se dit que Simon Braun avait aimé tout cela et elle comprenait son immense appréhension à l'idée de voir cet art détruit.

En voulant s'approcher encore davantage des rouages, Emma perdit l'équilibre et s'appuya contre le mur. En se redressant, elle vit un dessin gravé sur l'une des pierres, sans doute la signature d'un artisan. Elle le regarda de plus près. C'était un soleil composé de sept rayons, le même que celui qui se trouvait sur le pied de Simon Braun. Ce signe ne lui était pas inconnu, même si elle ne parvenait pas à en traduire le sens. Elle était convaincue qu'à présent, il fallait chercher du côté des sociétés secrètes. Ce signe pouvait bien être la marque d'une confrérie. Restait à trouver laquelle et pourquoi elle existait.

Sans tarder, elle alla rejoindre Antoine. Il savait à présent que le meurtrier pouvait stopper l'alarme de la cathédrale. Il pensa immédiatement à celui dont l'alibi était contestable, Luc Berger. Il appela Nicolas pour le convoquer en urgence et pour ordonner une perquisition à son domicile. Un technicien avait fait un relevé d'empreintes au grand orgue et avait emporté le tissu et le sablier pour analyse. Mais il ne croyait guère au miracle… Jusque-là, la police scientifique n'avait rien trouvé.

On ouvrit la trappe qui donnait accès à la partie inférieure de la tribune, mais la fouille ne donna aucun résultat. Décidément, l'assassin ne laissait rien au hasard et mettait à profit l'importante fréquentation de l'endroit.

L'historienne et le lieutenant retournèrent dans les bureaux de la police judiciaire. Ils avalèrent rapidement un sandwich avant de poursuivre leurs investigations. Emma ouvrit son sac à main pour y prendre une clé USB sur laquelle elle avait stocké des documents de recherche. Elle ouvrit les dossiers « Confréries » et « Cathédrales ». Au bout de dix minutes, elle dit à Antoine :

– Regarde, les cathédrales ont toutes des ornements qui pourraient constituer un langage secret que nous ne pouvons pas comprendre. Seuls des initiés sont susceptibles de saisir l'importance des messages. Comme je te l'ai dit tout à l'heure, je pense que Simon Braun faisait partie d'une confrérie.

– Et qu'il aurait donc été capable de traduire des messages que d'autres ont laissés dans le passé, dans la pierre, sur l'horloge, quelque part dans l'édifice ?

– C'est possible, il y a tellement de signes dans ces endroits…

– Et la confrérie ?

– Je n'ai pas encore trouvé leur identité. Même si nous n'avons pas encore de preuves mais beaucoup de coïncidences, Simon Braun en faisait partie et était entouré de Pierre Ott, Luc Berger, Armel Mambou, Odile Reich et Louise Vasser.

– Je suis d'accord avec toi. J'attends Luc Berger de pied ferme. Demain, nous irons à la Bibliothèque humaniste à Sélestat. Car si madame Vasser ne vient pas à nous, c'est nous qui viendrons à elle !

– Autre chose… à propos de la confrérie, le soleil, au-delà d'être un repère temporel, est entouré de mythes et de symboles. Déjà dans l'Égypte antique, il revêt une importance capitale avec Râ le dieu Soleil. Tout comme la lune, c'est aussi un symbole maçonnique. Dans le vaste monde des mystères, il est incontournable. En alchimie, il est l'or, représenté par un cercle muni d'un point central.

– Mais que recherchent réellement ces gens ?

– Ils veulent accéder à ce qui est caché, qui touche à l'alchimie, à l'astrologie, à la face invisible de l'univers, aux secrets du monde.

– Et parmi tous ces maîtres, n'y a-t-il pas quelquefois des traîtres ? demanda Antoine avec curiosité.

– Sans aucun doute ! Tu penses à Luc Berger qui voudrait s'emparer d'un secret, d'un trésor et qui pourrait soit s'en vanter, soit s'enrichir ?

– Oui, d'autant plus qu'il a accès à la cathédrale avec son métier de tailleur de pierre à la fondation de l'Œuvre Notre-Dame…

– Et il aurait tendu un traquenard à son ami Simon pour s'en emparer… Finalement, je me demande si l'ostensoir n'existe pas réellement…

Emma posa son coude gauche sur la table et effleura ses lèvres du bout des doigts. Elle devait absolument approfondir sa recherche sur les confréries, les pratiques et les faits religieux liés à l'histoire de la cathédrale. Antoine lui apporta un café, qu'elle accepta avec plaisir. Derrière lui arrivait Michel Lang :

– Bonjour, Emma Parys, j'espère que tout va bien, n'hésitez pas à m'appeler en cas de besoin…

– Oh, merci beaucoup monsieur Lang, c'est très gentil à vous, répondit Emma d'une voix douce.

– Appelez-moi Mike, ce sera plus simple.

Antoine était resté figé tant il était surpris par la prévenance de son collègue. Sacrée Emma, elle avait conquis le Mike primitif... Et c'était sincère, car il avait horreur des ronds de jambe et autres chichis.

– Dis-moi, Chechmann, on a eu un complément d'analyses concernant le poison. Il est de taille. Un passionné de l'INPS[1] de Paris a passé des heures à faire des recherches sur les poisons rares. Il est tombé sur un article scientifique qui parlait d'une plante cultivée au Pérou, extrêmement toxique. Un dessin datant du XVe siècle fait par un *curandero*, c'est-à-dire un guérisseur, montrait la plante avec le signe de la mort et le dessin d'un corps couvert de petites taches noires. Exactement comme pour Simon Braun. Il a été empoisonné au calphorbia.

– OK, Mike, et tu dis que c'est un poison très rare.

– Oui, et d'après le type de l'INPS, le meurtrier n'a pu se procurer ça que sur place, au Pérou...

– Il y a encore des guérisseurs là-bas, intervint Emma.

– Bon, en tout cas, merci pour ces informations.

– Pas de quoi, à plus...

En sortant, Mike se retrouva nez à nez avec Nicolas, qui entrait dans le bureau à toute vitesse.

– On a du nouveau sur Pierre Ott. La nuit du crime, un voisin l'a vu rentrer chez lui vers minuit trente. Il garait sa voiture dans la cour. Le témoin est formel.

– Bon, voilà un doute qui est écarté. On avance, on avance, balbutia Antoine. Merci, Nicolas. Préviens-moi de l'arrivée de Luc Berger, je ne veux pas le rater. Je vais l'interroger moi-même.

– OK, chef.

[1] Institut national de police scientifique.

Au même moment, dans le quartier de la Petite-France, un attroupement s'était formé sur les ponts couverts, devant la tour du Bourreau, là où vivait celui qui exécutait la haute justice. Sous la plaque « Tour du Bourreau – Henkersturm – XIIe-XIVe siècles », on avait peint les mots « Le jour du rayon vert ». Un sablier en bois rempli de sable vert était accroché à la plaque qui était désormais la griffe de l'assassin de Simon Braun, qui poursuivait ses mises en garde. La tour était submergée de flash. Les prises de vues se faisaient sous tous les angles. On voyait des gens secouer la tête pour exprimer leur incompréhension. D'autres disaient que le meurtrier allait frapper fort et que la cathédrale était en danger. D'autres encore étaient persuadés qu'une période noire s'était abattue sur la ville depuis l'horrible crime commis à la crypte, et que seules les prières pouvaient éloigner l'esprit du mal.

À la radio, les tentatives d'explications se succédaient sur l'éventualité d'un complot visant à s'emparer du trésor de la cathédrale. Des spécialistes étaient invités sur les plateaux de télévision. On analysait les symboles, on polémiquait sur ces faits étranges. La capitale européenne faisait l'objet de discussions quotidiennes. Certains intervenants étaient persuadés que tout cela était lié à un projet de mainmise sur Strasbourg fomenté par des extrémistes, pour y construire une nouvelle société dirigée par des idéalistes dangereux.

Après l'épisode de la tour du Bourreau, c'est à l'ancien haras national de la rue Sainte-Élisabeth qu'un incident se produisit. Là où se trouvait au XVIIIe siècle une académie d'équitation, il y avait aujourd'hui un hôtel. Dans la cour intérieure, au pied d'un arbre magnifique, un sablier en bois rempli de sable vert accompagnait les mots « *Veritas* » et « Mars », peints au sol en rouge et barrés.

Bien entendu, la consigne générale était de signaler tout comportement suspect. Les forces de police étaient concentrées sur l'affaire Simon Braun. Un appel au calme avait été lancé suite à quelques exagérations médiatiques et à des mouvements d'agitation.

L'office du tourisme de Strasbourg était débordé de demandes d'information et de réservations pour visiter la cathédrale, qui était devenue un monument de spectacle. Elle faisait aussi l'objet d'un regain de foi et d'un besoin d'élévation personnelle et de suppliques. Que de monde aux offices, que de cierges allumés, que de prières dites, que de genoux pliés ! Les touristes écoutaient les guides avec une attention particulière. On venait des quatre coins d'Alsace pour voir ou revoir Notre-Dame de Strasbourg. C'est ainsi qu'en écoutant les discussions des uns et des autres, on pouvait reconnaître des habitants de Saverne, de Wissembourg, de Haguenau tout comme de Schirmeck, de Sélestat, de Colmar, de Munster et même de Mulhouse.

Dans le bâtiment de la police judiciaire, Luc Berger venait de prendre place pour répondre aux questions du lieutenant Meyer. Il posa ses mains de tailleur de pierre à plat sur la table comme pour montrer qu'il n'avait rien à cacher.

– Si vous pensez un instant que j'ai quoi que ce soit à voir avec le meurtre de Simon, vous vous mettez le doigt dans l'œil, lança-t-il avant de se racler la gorge.

– Monsieur Berger, vous avez prétendu que vous aviez vu Simon Braun pour la dernière fois aux alentours du mois de juin ou de juillet, dit Antoine calmement.

– Oui, je l'ai déjà dit et je vous ai aussi expliqué pourquoi je n'ai pas parlé de notre entrevue avec Simon à la librairie.

– L'histoire de cet objet de grande valeur est donc une affabulation totale, le rêve d'un fou qui se promène dans

Strasbourg. Mais nous savons que bien des trésors ont déjà été trouvés dans les églises et les cathédrales.

– C'est insensé.

– Au point de tuer pour le récupérer ? De donner rendez-vous à Simon Braun, qui visiblement connaissait l'assassin et ne s'en méfiait pas ?

Le visage de Luc Berger s'assombrit et ses gestes trahirent une grande colère. Il retroussa les manches de son polo noir et jeta un regard effroyable à Antoine, qui ne se laissa pas démonter.

– Je suis incapable d'expliquer ça.

– Mais vous pourriez justement être celui que connaît monsieur Braun. Vous lui donneriez rendez-vous en lui écrivant « Retrouve-moi à côté de Sabine à minuit. Il faut trouver une solution pour la protéger. En l'honneur de Dasypodius. Notre sort en dépend. Ad lucem. »

– D'ailleurs, qui est cette Sabine ?

– Écoutez, ne jouons pas aux charades ! Vu le contexte, il s'agit sans doute de la statue qui se trouve près du portail de l'horloge. On dit que c'est la fille d'Erwin de Steinbach, qui a suivi le chantier de la cathédrale. Tous ceux qui connaissent l'histoire de la cathédrale le savent.

Luc Berger ne répondit rien.

– Et vous avez attiré votre cher Simon Braun dans le piège !

– Désolé de vous décevoir, mais ce soir-là, j'étais en compagnie de Jojo et vous le savez. Votre enquête piétine et il vous faut trouver un coupable.

Antoine dévisagea Luc Berger, posa ses coudes sur la table et croisa les mains.

– Vous étiez avec Pierre Ott, mais vous avez très bien pu vous rendre à la cathédrale après la séance de cinéma et le dernier verre. Vous aviez le temps d'emmener monsieur Braun à la crypte pour obtenir de lui l'endroit de la cachette et pour l'empoisonner car il n'a rien dit. Vous avez dû vous débarrasser de l'ami gênant, ajouta Antoine en haussant la voix.

– Tout ça est complètement ridicule. Simon Braun était un ami que j'appréciais beaucoup et je suis innocent. Quand Jojo est parti, je suis allé me coucher.

– Mais à part vous-même, personne ne peut l'attester, ce qui fait de vous un suspect.

Luc Berger appuya ses mains sur les accoudoirs de la chaise pour se remettre droit, esquissa un sourire sarcastique, puis s'adressa à Antoine en articulant chaque syllabe :

– Lieutenant Meyer, excusez du peu, mais ce soir-là Pierre Ott m'a envoyé un SMS une fois rentré chez lui. Et je me rappelle lui avoir téléphoné dès que je l'ai lu pour lui dire que moi aussi, j'avais trouvé cette soirée vraiment sympathique. Je précise que j'ai utilisé mon téléphone fixe car mon portable était déchargé.

– Parfait, monsieur Berger, nous allons vérifier ce point auprès de vos opérateurs téléphoniques respectifs, répondit Antoine sans sourciller.

– Encore heureux ! Je ne compte pas me laisser accuser d'un crime que je n'ai pas commis.

– Autre chose, monsieur Berger, vous qui êtes un artisan chevronné, un soleil à sept rayons, ça vous dit quelque chose ? On en a trouvé un sur le pied droit de la victime et un autre sur une pierre, près du mécanisme de l'horloge.

L'homme au regard noir resta un instant immobile. Aucun signe n'indiquait un stress ou un inconfort dû à la question. Il enchaîna :

– Le soleil représente mille et une choses. Si vous voulez parler de la cathédrale, il peut être la signature d'un ouvrier, d'un maître d'œuvre. Je ne sais pas si vous le savez, mais les francs-maçons sont connus pour être des bâtisseurs de cathédrales. Le soleil est aussi indissociable de l'horloge, il y a l'aiguille solaire sur le cadran du temps apparent et celles qui marquent le lever et le coucher. Il y a le mécanisme des équations solaires et lunaires, et le planétaire montre le mouvement des planètes autour du soleil. Mais je ne suis pas un spécialiste.

– Et Simon Braun ?

– Alors là, je ne connais pas les petits secrets de Simon. Je ne peux pas vous aider. Demandez à sa femme, elle en sait certainement davantage, conclut Luc Berger avec une ironie évidente.

– Très bien, monsieur Berger, vous pouvez partir, mais je vous demande de rester à notre disposition.

L'homme se leva tranquillement et quitta la pièce sans se retourner.

Dans son bureau, le commissaire Pelletier était en grande discussion avec Emma. Elle lui expliquait comment elle avait découvert un soleil à sept rayons gravé sur une pierre lors de son exploration de l'horloge. Elle lui fit part de son idée selon laquelle il existait une confrérie dont Simon Braun était sans doute le membre le plus important, et dont faisaient également partie Louise Vasser, Odile Reich, Pierre Ott, Luc Berger et Armel Mambou.

– Vous savez, commissaire Pelletier, la raison d'être de cette confrérie est intimement liée à un trésor, à l'horloge et à son évolution au cours des siècles. Toutes les indications fournies depuis le début de cette histoire y conduisent. Il y a d'abord le message inachevé laissé par Braun, puis celui qu'on a retrouvé chez lui. Il y a aussi le témoignage de l'étudiante et la lettre du curé Mambou. Lorsqu'il dit que le coq chantera encore chaque jour, il veut dire que lui et ses amis protégeront l'horloge et tout ce qu'elle contient.

– Souvenez-vous, Emma, que l'étudiante a entendu parler de lions qui vont rugir. Une légende dit qu'autrefois ils rugissaient, mais que leur créateur a modifié le mécanisme pour les faire taire à jamais, avant qu'on lui crève les yeux...

– Afin que l'horloger ne puisse pas reproduire l'horloge ailleurs, afin qu'elle soit unique. Mais d'après ce que j'ai pu lire, ce n'est qu'une légende et cette possibilité reste plutôt improbable, répondit Emma en croisant les bras.

– Gardons tout de même cette option même si elle semble invraisemblable. Il y a aussi cette affaire d'ostensoir en or dont le meurtrier voudrait s'emparer. Il menace tout de même de détruire les mécanismes du temps s'il n'obtient pas satisfaction.

– Oui, c'est vrai ! S'il existe, il est caché dans la cathédrale. Cet objet liturgique ressemble par ailleurs à un soleil. Celui qui est tant convoité a peut-être sept rayons et doit rester au sein de la confrérie. Et sa signification doit être de taille car...

– Il y a bien des trésors de la cathédrale, non ? Certains ont disparu, ont été perdus ou volés.

– En tout cas, il ne s'agit pas des ostensoirs conçus par l'orfèvre Eugène Braun. Ils ne sont pas dissimulés. Certains objets de grande valeur ont été perdus, mais ils datent plutôt du XIe siècle. L'apparition des ostensoirs est bien plus tardive.

– Mais celui qui met la pagaille avec son sablier, son eau rouge et ses charades lance un ultimatum. Connaît-il les amis de Braun ? Ils n'ont pas été inquiétés pour le moment, mais ils sont sous surveillance. J'ai fait également renforcer la sécurité aux différentes entrées de la cathédrale. Nous finirons bien par le coincer.

– L'assassin cherche à nous envoyer des messages à travers des mots et des symboles. Le sablier, c'est une manière de nous dire, je crois, qu'il dirige le temps qui passe. Il nous prévient. Il est trop malin pour se rapprocher des amis du libraire.

– Et que disent les symboles en question ? L'eau rouge dans les bains municipaux, c'est pour faire peur. Et le message près du cadran solaire de la maison, qui dit que le temps détruit toute chose...

– Il a pu vouloir dire que le temps peut détruire la vérité. Rappelez-vous qu'à côté de l'arbre de l'ancien haras, il a barré les mots *mars* et *veritas* que Braun avait réussi à écrire avant de rendre l'âme.

– Et pourquoi un voile rouge et un sablier au grand orgue, à côté de Samson ?

– Le rouge fait peur, mais c'est aussi un symbole de puissance, tout comme Samson qui tue le lion. Si le tueur est à la fois borné et vulnérable, ce qu'il cherche représente à ses yeux la gloire et le succès.

– Celui qui cherche « le » trésor cherche à dominer. Antoine a interrogé Luc Berger. Attendons d'avoir vérifié son alibi. S'il est solide, il faudra chercher à comprendre comment Simon Braun a pu se retrouver dans la crypte avec son assassin et au demeurant, sans opposer la moindre résistance.

– Il y a un autre point important.

– Je vous écoute, répondit Yves Pelletier.

– Le jour du rayon vert, indiqué sur la tour du Bourreau...

– Mais oui, c'est en rapport avec la cathédrale, on en parle tous les ans...

– En effet, il fait son apparition deux fois par an, aux équinoxes de printemps et d'automne. Et la prochaine est pour le 22 septembre, c'est-à-dire dimanche.

– Quand le ciel est sans nuages, le Christ est illuminé...

– Oui, en fait, le soleil passe à travers le vitrail où figure Juda, l'un des douze fils de Jacob. C'est en partant de son pied que le rayon de soleil va peu à peu éclairer la tête du Christ en croix qui se trouve sur la magnifique chaire de Geiler.

On frappa à la porte. Antoine entra et s'installa à côté d'Emma. Yves Pelletier lui demanda de prévoir des renforts pour la surveillance de la cathédrale le dimanche 22 septembre, car personne ne savait quelles étaient les intentions de l'auteur du message de la tour du Bourreau. Emma se leva et fit quelques pas, puis regarda par la fenêtre avant de revenir s'asseoir.

– Je pense qu'avec le rayon vert, l'empoisonneur de Simon Braun veut une nouvelle fois nous parler de la maîtrise du temps. Finalement se trouvent réunis ici le soleil, l'équinoxe et l'horloge.

– Et il espère qu'avec toutes ses interventions mystiques, l'un des associés du clan Braun va lui donner rendez-vous pour assouvir sa soif, dit Antoine avec mépris.

– Encore faudrait-il pouvoir le contacter ! À moins qu'il ne fasse partie du clan, répondit Pelletier tout en secouant la tête pour exprimer ses doutes.

– Demain après-midi, je vais à la bibliothèque de Sélestat pour revoir Louise Vasser. Elle n'a pas tout dit, j'en suis persuadé.

– Je viens avec toi, Antoine, répondit Emma avec un grand sourire. Les bibliothèques sont toujours des endroits formidables. Et celle de Sélestat contient une collection impressionnante de livres anciens.

Emma et Antoine se levèrent et quittèrent le bureau du commissaire. Après avoir pris quelques notes et répondu à deux ou trois appels téléphoniques, Yves Pelletier inséra le CD des *Variations Goldberg* de Bach dans le lecteur. C'était sa version préférée, interprétée par Glenn Gould. Il repensa à l'existence éventuelle d'une confrérie. Il comptait sur la faiblesse de Louise Vasser pour découvrir au moins une partie de la vérité, persuadé qu'elle mènerait vers l'assassin.

Au Palais de la musique et des congrès, dans la salle Waldteufel, l'orchestre philharmonique de Strasbourg était en pleine répétition. Après le dernier mouvement de la *Symphonie n° 7* de Beethoven, on passa à l'ouverture du *Carnaval romain* de Berlioz. Odile Reich ne parvenait pas à se concentrer. Elle avait l'impression d'être dans un étau. Ses mains étaient moites d'appréhension et elle peinait à maîtriser son archet. La musique ne lui parvenait que partiellement. Son voisin de pupitre lui demanda s'il pouvait l'aider, mais elle lui répondit qu'elle avait simplement un coup de fatigue.

Elle repensait à la mort horrible de Simon et au manque de lucidité de ses amis lorsqu'il avait exprimé son inquiétude face à la menace. Jojo et Luc avaient jugé cela impensable, car il y a des secrets qui sont si bien cachés qu'ils ne sont jamais révélés. Mais tout avait mal tourné. Odile se sentait perdue, même si tout avait été prévu pour protéger le trésor. Pourtant elle avait peur, peur de croiser l'assassin ou de découvrir son identité.

Le chef d'orchestre annonça une pause. Odile Reich se leva en hâte pour respirer l'air du dehors. Elle savait qu'elle devait se taire. Le pourrait-elle encore ?

★

Il avait lu les journaux et suivi les informations régionales et nationales. Cette Emma Parys avait de grandes compétences et sortait du lot. D'après ce qu'on en disait, elle était en plus très belle et travaillait avec passion. Comme pour les deux affaires précédentes, elle usait d'une certaine discrétion pour parvenir à des résultats. Mais il avait de l'avance sur elle. Sa détermination était immense. Lorsqu'il avait enfin trouvé celui qu'il cherchait, il ne s'était finalement pas dévoilé. Car ce qu'il avait découvert était alors devenu beaucoup plus important. De toute façon, il ne pouvait pas rattraper toutes ces années de solitude. Et l'autre n'aurait pas compris ou l'aurait banni. Subir cela une fois encore ? En aucun cas ! Aujourd'hui, sa seule quête consistait à s'emparer d'un absolu, d'une gloire éternelle. Et ce jour-là était proche !

Chapitre 8

Depuis presque vingt ans, Jean-Paul s'occupait du petit jardin médiéval du musée de l'Œuvre Notre-Dame qui accueillait des collections de l'art sacré en Alsace et notamment des sculptures, des peintures de la cathédrale de Strasbourg ainsi que des dessins relatifs à sa construction. Jean-Paul savait exactement comment prendre soin des plantes médicinales et ornementales qui composaient les neuf rectangles de la trinité végétale. La sauge, la rose de Provence, le fenouil et la chélidoine n'avaient pas de secret pour lui, même s'il n'avait pas lu le traité *De vegetabilibus libri septem* d'Albert le Grand.

Ce matin du mercredi 18 septembre, alors qu'il s'apprêtait à arroser les plantes, il fut intrigué par un rouleau de papier posé au pied de la cuve baptismale. Il s'en empara et, après quelques secondes d'hésitation, le déroula. C'était un poster en couleur représentant l'horloge astronomique. Les deux lions campés sur la galerie étaient entourés d'un cercle rouge, tout comme le sablier tenu par l'ange. Sans tarder, il rentra dans le musée pour partager sa découverte.

Le hasard voulut que, ce même matin, Emma eût un rendez-vous avec le conservateur du musée. Elle avait obtenu l'autorisation d'accéder aux collections qui n'étaient pas exposées. Depuis plus de deux heures, elle cherchait le moindre indice qui pût se rapporter à une confrérie dont le sceau n'était autre qu'un soleil à sept rayons. Tenace et vigilante, elle finit par trouver un petit retable à deux volets mobiles, soigneusement rangé et conservé. Sur le pan gauche, il y avait un beau soleil à sept rayons rehaussé de feuilles d'or. Le pan droit était décoré d'une peinture polychrome représentant un lion. Au bas des deux volets, on pouvait lire « Hora est ».

Emma trépignait de joie. Elle avait envie de partager cela avec Antoine et tous ses collègues, avec le commissaire Pelletier, qui avait fait appel à elle et lui faisait confiance. Un des employés du musée la regarda avec de grands yeux. Peu lui importait ! Sa découverte permettait à Antoine de confronter les amis de Simon Braun à un élément concret et efficace.

Sans tarder, elle quitta le musée de la place du Château, longea la rue Mercière, rejoignit la place Gutenberg puis la rue des Francs-Bourgeois. Elle prit le tram A à l'arrêt Langstross-Grand'Rue et descendit à l'arrêt Schluthfeld. Elle marcha environ trois cents mètres et se retrouva devant l'entrée de l'hôtel de police.

Lorsqu'elle annonça la nouvelle à Yves Pelletier et à Antoine, ils la félicitèrent chaleureusement.

– Cette découverte va nous permettre d'interroger ceux que nous pensons être les membres de la confrérie, dit Antoine, qui remettait en place son chèche à carreaux gris clair et jaune pastel.

– J'y compte bien, répondit le commissaire. Avec l'épisode du jardin médiéval, ce sont les lions de l'horloge qui sont visés, et l'histoire du rayon vert nous amène à dimanche. Quatre jours, un compte à rebours et tout pourrait bien prendre fin. Nous l'avons constaté, l'assassin ne compte pas reculer devant les difficultés et semble avoir non seulement les moyens de se promener dans la cathédrale en pleine nuit, mais aussi la faculté d'être invisible. À propos, Emma, pourquoi « Hora est » ? Encore l'heure, le temps ?

Emma ôta sa veste en lin bleu saphir et posa son étole sur l'accoudoir de la chaise.

– Oui, comme je vous l'avais dit, depuis le début, il est question du temps et de l'horloge astronomique. Pensez à la représentation de la vie qui passe, à la mort qui sonne le glas. Hora, c'est d'ailleurs la déesse romaine du temps.

– Bon, Emma, il faut qu'on parte. Nous avons rendez-vous à Sélestat. Cette chère Louise Vasser nous en dira plus, n'en doutons pas !

Avant qu'ils quittent le bureau, Emma regarda un instant Yves Pelletier et pensa à son père. Comment était-il ? Quel était le timbre de sa voix ? Qu'aimait-il ? Elle imagina un instant le moment où ils se feraient face et le bonheur qu'elle éprouverait en le serrant dans ses bras. Mais elle fut stoppée dans ses rêves par la frénésie d'Antoine, qu'elle suivit en toute hâte jusqu'au parking.

Antoine prit l'autoroute A35 en direction de Colmar et de Mulhouse. Sélestat, haut lieu de l'humanisme, était à environ cinquante kilomètres de Strasbourg. Durant le trajet, Emma songea à ceux qui étaient supposés faire partie de la confrérie. Quelle cause était la leur ? Dans un monde dominé par la recherche du progrès perpétuel et par la métamorphose technologique, quelle avait été la double vie de Simon Braun ? Et comment le meurtrier avait-il réussi à entrer dans son univers fermé ?

Le lieutenant Meyer augmenta le volume de la radio. France Bleu Alsace diffusait un flash spécial. La découverte faite par le jardinier du musée de l'Œuvre Notre-Dame avait suscité de vives réactions. Avec le message laissé à la tour du Bourreau, jamais le rayon vert n'avait eu autant de succès : pour le dimanche 22 septembre, on s'attendait à une affluence sans précédent. Une grande agitation régnait sur la place de la cathédrale et alentour. Avec l'assentiment de l'archevêque, l'archiprêtre de la cathédrale avait déclaré que l'édifice restait ouvert au public et que les messes continueraient à être célébrées : il n'était pas question de céder à des intimidations.

Antoine roula vers la rue de l'Église, puis entra dans la rue de la Bibliothèque. Avant de retrouver Louise Vasser, il emmena Emma déjeuner rapidement à La Pause gourmande. Ils dégustèrent un carpaccio de bœuf accompagné de frites et de salade, puis firent quelques pas. Emma admira le style roman de l'église Sainte-Foy et la tour-lanterne qui s'élevait vers le ciel. Après dix minutes de balade, ils arrivèrent devant la porte en bois de la bibliothèque. La façade était ornée d'une mosaïque qui représentait les armoiries de la ville, un aigle et un lion.

Louise Vasser se tenait près de l'accueil, à côté d'une porte en fer forgé. Avec ses mouvements secs et nerveux et ses petits yeux qui regardaient dans toutes les directions, elle ressemblait à un guetteur sur le qui-vive. Elle était engoncée dans un pantalon à pinces mal coupé et un haut moulant. En apercevant le lieutenant Meyer, elle se précipita maladroitement vers lui. Elle manqua de tomber, mais l'homme aux yeux gris la retint avec adresse.

– Merci, inspecteur ! Je suis vraiment désolée !

– Ce n'est rien, je vous en prie. Bonjour, madame Vasser, je vous présente Emma Parys, qui travaille avec nous sur l'affaire Braun.

– Bonjour, madame Parys ! Oui, vous êtes la chercheuse qui vient de Lyon, les journaux en ont parlé.

– C'est ça, en effet. J'ai beaucoup travaillé sur les faits religieux, les pratiques, les mythes et les textes sacrés.

– C'est très intéressant. Si vous le voulez bien, allons dans la salle Beatus Rhenanus, elle est fermée au public cet après-midi. Nous y serons tranquilles.

Emma aima l'atmosphère de cette pièce, avec son buste de Jean Mentel, un imprimeur du XVe siècle, et ses meubles en bois. Il y avait là la collection privée du savant Beatus Rhenanus, léguée à la bibliothèque juste avant sa mort en 1547, ainsi que les ouvrages de l'école latine. Elle était émerveillée par la masse de documents et de livres et esquissa un sourire en pensant à l'engagement des humanistes.

Antoine avança vers la femme qui prétendait avoir été la maîtresse de Simon Braun :

– Madame Vasser, vous avez déclaré avoir entretenu une liaison avec la victime, Simon Braun, et que vous aviez l'impression d'être suivie depuis début septembre. Maintenez-vous ces déclarations ?

– Mais oui, monsieur l'inspecteur, répondit-elle d'une voix tremblante.

– Je vous rappelle que je vous pose des questions dans le cadre d'une enquête sur un meurtre. D'après toutes les personnes interrogées, l'intégrité de monsieur Braun n'est plus à démontrer. D'autre part, il était très heureux avec son épouse et il est difficile de l'imaginer infidèle.

Emma observait les mains tremblantes de Louise Vasser. Décidément, cette femme était au bord de l'effondrement. Antoine en profita pour exercer ses talents d'intimidation :

– Madame Louise Vasser, je vous repose la question. Étiez-vous la maîtresse de Simon Braun ? Vous étiez suivie, je n'en doute pas. Mais pour quelle raison ? Et quels sont vos rapports avec Odile Reich, Armel Mambou, Luc Berger et Pierre Ott ?

La femme blêmit et regarda Emma comme pour chercher de l'aide. Saisie par une crampe abdominale, elle se recroquevilla. Son t-shirt glissa et laissa entrevoir le bas de son dos. Emma reconnut le petit tatouage, le même que celui de Braun et que le dessin gravé sur la pierre. Elle n'en dit rien et laissa parler madame Vasser.

– Bien sûr que non, je n'étais pas la maîtresse de Simon. Il fallait bien trouver quelque chose pour expliquer mon coup de téléphone. Je sentais que j'étais suivie depuis quelques jours. Vous savez, l'amitié, c'est important. Et Odile, Luc, Jojo, Armel et moi en avions beaucoup pour Simon. Quand il nous a parlé de cet inconnu qui affabulait et faisait du chantage en voulant détruire l'horloge, on a essayé de l'aider.

– Par pure amitié, je suppose, déclama Antoine.

– Après la réunion à la librairie, Odile m'a téléphoné. Simon avait décidé de jeter un coup d'œil en passant le dimanche suivant à la boutique. Si seulement nous avions su ! C'est tellement horrible. Et quand je l'ai appelé, je voulais lui dire que ce type savait qui j'étais et qu'il avait fait le lien avec Simon. Mais qui est-il ? Pourquoi tout ça ?

Emma alla vers le mur décoré du fond de la salle. Elle aussi avait des questions à poser :

– Madame Vasser, « Hora est », ça vous dit quelque chose ?

Le piège était tendu et pour la pauvre femme tourmentée, feindre de dire la vérité n'était plus à sa portée. Elle ne dit plus un mot et se dirigea vers le buste de Mentel, se baissa et exerça une pression avec ses doigts, sous le meuble. Un tiroir étroit s'ouvrit. La femme en retira un papier roulé et le tendit à Emma, qui le posa pour le dérouler. Le manuscrit datait du 21 juin 1840. Il était signé de la main de Jacques Wolfer. Emma et Antoine se plongèrent dans le texte avec stupéfaction.

Le document expliquait comment déclencher le mécanisme des lions de l'horloge astronomique de la cathédrale de Strasbourg. Il y avait également une mise en garde : la complexité du système exigeait non seulement des manipulations minutieuses, mais ces dernières ne pouvaient s'effectuer qu'un 31 décembre à minuit, faute de quoi le mécanisme entier pouvait être détruit. Au bas du document, on pouvait lire « Hora est ».

– C'est hallucinant ! Le rugissement des deux lions est une légende ! dit Emma en souriant. Et qui est Jacques Wolfer ?

– Et qu'en pense madame Vasser ? demanda Antoine tout en continuant à regarder le manuscrit. Vous en savez certainement plus que nous.

– Madame Parys, j'ai pris le temps de lire quelques-unes de vos publications. Vos recherches sont très intéressantes et si vous me parlez de Hora est, c'est que vous savez déjà que c'est une confrérie dont l'existence est, par ailleurs, quasi inconnue.

– En effet, j'ai découvert le retable au musée de l'Œuvre Notre-Dame.

– Jacques Wolfer était un jeune assistant très proche de Jean-Baptiste Schwilgué…

– L'auteur de la troisième horloge, compléta Emma, qui avait hâte d'entendre les explications de son interlocutrice.

– Oui, et c'est Schwilgué qui lui a demandé de rédiger le texte que vous venez de lire et que bien entendu, les membres de Hora est connaissent.

– Attendez, madame Vasser, c'est une plaisanterie ? L'histoire du rugissement des lions de l'horloge relève du conte et alimente l'imaginaire populaire. C'est bien, mais ça s'arrête là, rétorqua Emma en grimaçant.

– Détrompez-vous, madame. Lorsqu'une confrérie perpétue sa raison d'être depuis deux siècles, ce n'est pas pour une légende.

Madame Vasser avait soulagé sa conscience. Tous ses muscles s'étaient relâchés et elle parlait à présent avec une ardeur bienfaisante. Emma voulut en savoir davantage :

– C'est-à-dire ?

– C'est Schwilgué lui-même qui a donné naissance à la confrérie pour protéger l'horloge suite à la découverte qu'il avait faite.

– Quelle découverte ? demanda Antoine calmement.

– Il passait des heures et des heures à travailler sur les mécanismes. Une nuit, son obstination porta ses fruits. Il réussit à faire rugir les lions. Il fit rédiger un mode d'emploi par son assistant préféré, Jacques Wolfer, et décida par la même occasion de créer la confrérie Hora est, car il voulait partager sa découverte tout en la protégeant.

– Et il a invité quelques privilégiés à se joindre à son petit groupe, dit Emma, intriguée.

– Oui, il y avait un orfèvre, Daniel Lux, et un graveur, Frédéric Simon. Pour Schwilgué, l'horloge était un trésor incomparable et en même temps, il n'avait aucune envie qu'on lui réserve le même sort qu'à Dasypodius.

– Le mathématicien qui a conçu la deuxième horloge, ajouta Emma.

– Oui, l'idée était de ne rien dévoiler.

– Et à quoi correspond cette petite phrase inscrite sur le manuscrit : « Prenez toujours la voie de la vieille maison » ?

– Oh ! Là, vous m'en demandez trop, madame Parys, je n'en sais rien du tout...

Antoine se rapprocha de Louise Vasser tout en la fixant de son regard gris, dans le but de l'impressionner :

– Madame Vasser, si j'ai bien compris, la confrérie Hora est est toujours en activité et vous êtes l'un de ses membres.

– Oui ! Nous sommes là pour protéger l'horloge et pour préserver le secret. Ce qui est arrivé à Simon est épouvantable et le fou qui l'a tué et qui cherche un prétendu ostensoir en or doit être arrêté.

– Nous sommes d'accord sur ce point, madame, et pour cela, le commissaire et moi-même comptons sur la coopération de vos bons amis !

– Dites-moi, pourquoi un soleil à sept rayons ? s'enquit Emma.

– Le soleil est inséparable de l'horloge, et... les sept rayons représentant les sept planètes des anciens, Mercure, la Terre, Vénus, la Lune, Mars, Jupiter et Saturne...

– À chacun sa version, répondit Emma sur un ton sarcastique.

– Eh bien, nous en reparlerons très prochainement avec vos confrères, soyez-en certaine, madame, conclut Antoine.

Antoine ordonnait dans sa tête les nouvelles cases qui s'ajoutaient à l'affaire Braun. Les membres actuels de la confrérie avaient été faciles à démasquer. Mais pour quelles raisons avaient-ils menti et que savaient-ils réellement sur l'assassinat du libraire ? Depuis le jour de sa mort, aucun des membres de Hora est n'avait été menacé. Celui qui prétendait chercher le trésor de la cathédrale s'employait à semer le trouble et lançait un ultimatum. Emma, de son côté et malgré sa curiosité, doutait de la véracité des confessions de Louise Vasser à propos de l'horloge, même si l'existence de la confrérie était évidente. Il ne lui restait qu'à évaluer le manuscrit.

Alors qu'ils roulaient vers Strasbourg, Antoine et Emma discutèrent de l'authenticité du manuscrit. La jeune historienne se demandait pourquoi les amis de Braun n'avaient pas contacté la police après le meurtre de celui qui avait sans doute présidé leur confrérie. Antoine lui répondit qu'ils semblaient en savoir bien plus que les quelques explications qu'ils avaient fournies jusque-là.

Le téléphone mobile du lieutenant Meyer sonna. C'était Anis, qui avait du nouveau concernant l'alibi de Luc Berger. Les recherches n'avaient donné aucun résultat qui puisse l'incriminer. Le lundi 9 septembre à minuit et 44 minutes, le tailleur de pierre avait bien appelé le numéro de Pierre Ott. La conversation avait duré deux minutes et douze secondes. Apparemment, monsieur Berger avait dit la vérité. Antoine réfléchit et se dit que cet homme, qui connaissait la cathédrale comme sa poche, aurait pu donner rendez-vous à Simon Braun pour lui tendre un piège. De plus, le libraire avait de l'estime pour lui et aurait pu le suivre sans la moindre hésitation. N'obtenant pas ce qu'il voulait, Berger aurait empoisonné le malheureux. Et n'aurait eu aucun mal à appeler son ami Jojo à minuit et 44 minutes. Antoine rappela Anis pour lui demander d'aller fouiller dans le passé du tailleur de pierre et de vérifier s'il avait voyagé et vers quelles destinations. Berger s'était peut-être rendu au Pérou pour se procurer le calphorbia.

La vieille pendule du presbytère de la rue du Rohan venait de sonner les quatre coups de 16 heures. Le téléphone résonnait dans la pièce où se trouvait le curé André Bur qui préparait le prochain office à célébrer. Il prit le combiné :

– Allô, presbytère de la cathédrale, je vous écoute.

Le timbre étrange d'une voix masquée répondit :

– Le jour du rayon vert, même vos prières ne seront plus écoutées. Soyez prêts car le Christ illuminé sera sourd à vos suppliques.

On raccrocha. Pendant un instant, le curé garda le combiné dans la main. La tonalité du téléphone lui parut obsédante. Effrayé par les propos qu'il venait d'entendre, il se leva et fit quelques pas. Puis il retourna vers le téléphone et alerta ses supérieurs et la police judiciaire. D'autres personnes s'étaient manifestées, d'une manière ou d'une autre, pour différentes raisons. Des lettres anonymes parlaient de l'apocalypse toute proche, de signes sataniques ou des dix plaies de la cathédrale. Un groupe de pratiquants s'était réuni devant les grilles du bâtiment de l'archevêché pour demander l'organisation d'une messe destinée à la protection de l'ange rose de Strasbourg et de son horloge. D'hypothétiques témoins avaient vu la silhouette d'un homme rôder près de la cathédrale. La police judiciaire tentait de faire le tri car dans ce type d'affaires, les affabulations, messages anonymes et autres duperies étaient monnaie courante. Le commissaire Pelletier prenait grand soin à faire faire les vérifications d'usage et à exiger des résultats concrets.

★

Dès leur arrivée dans les bureaux de la police judiciaire, Emma commença l'examen du manuscrit. Comme Antoine, elle ne voulait pas perdre un instant. Le lieutenant Meyer devait convoquer ceux dont on présumait qu'ils appartenaient à la société secrète. Louise Vasser avait craqué, mais elle n'avait pas tout dit. Odile Reich, Armel Mambou, Pierre Ott et Luc Berger : il comptait bien les mettre sur la sellette. Il demanda à Valérie de faire le nécessaire pour réunir tout ce petit monde.

Il était près de 19 heures quand Antoine proposa à Emma de faire un tour en bateau promenade. Les derniers rayons d'un soleil flamboyant enveloppaient le bureau et ressemblaient à un brasier inoffensif.

Sur la place du marché aux Poissons, quelques musiciens ambulants jouaient des airs populaires internationaux. Arrivés à l'embarcadère, près du palais Rohan, Emma et Antoine attendirent un instant avant de s'installer dans le bateau. Mais ils ne ressentaient aucune impatience, tant ils étaient plongés dans les problématiques du mystère qui entourait la mort de Simon Braun. En passant sous le pont du Corbeau et en admirant l'ancienne douane, Emma réussit à profiter de la beauté de la ville. Elle aimait beaucoup le quartier de la Petite-France qu'elle découvrait cette fois sous un autre angle, avec le passage à l'écluse et au pont tournant. Elle était moins attirée par le barrage Vauban et les ponts couverts. En revanche, elle avait été une nouvelle fois impressionnée par l'architecture des institutions européennes et notamment par la transparence cristalline du bâtiment du Parlement européen, à travers lequel filtraient les dernières lueurs du jour.

Le trajet retour s'amorçait quand Emma repensa à un détail. Arthur, le fils de Simon Braun, lui avait dit que son père était un descendant de Martin Braun, celui-là même qui avait racheté la maison Kammerzell en 1571. Dans un petit livret consacré à l'une des plus belles maisons de Strasbourg, elle avait lu un paragraphe où il était question de passages souterrains et d'étranges histoires. Elle serra le bras d'Antoine et lui demanda :

– Antoine, connais-tu la maison Kammerzell ?

– Un très bon restaurant et des fenêtres en cul de bouteille ! Tu veux que je t'y emmène ?

– Ha, très drôle... Pourquoi pas ? Je t'avais parlé du lien de parenté entre Martin et Simon Braun...

– Oui, je me souviens, répondit-il en ouvrant grand les yeux et en glissant la paume de sa main gauche le long des deux pans de son chèche. Attends un peu... Et si cette histoire de rugissement de lions était vraie ?

– Antoine, souviens-toi du texte : « Prenez toujours la voie de la vieille maison. » Cette phrase m'interpelle, mais je ne sais pas pourquoi. Il faut que je relise ce livret sur l'histoire de la maison Kammerzell.

– Tu n'es pas un peu fatiguée, Emma ?

– Mais non, c'est juste que je ne parviens pas à faire le lien... Est-ce qu'on peut passer chez mon amie Valentine, où je loge ? Le bouquin est là-bas...

– S'il le faut ! À votre service, madame, répondit Antoine en faisant la révérence alors qu'ils quittaient le bateau.

★

Emma alla récupérer ce qu'elle voulait. Ils retournèrent au centre-ville et s'installèrent dans un bistrot de la Grand'Rue où ils dégustèrent un Picon bière et un bretzel. Un monsieur d'un certain âge discutait avec le patron en alsacien.

– Antoine, je ne comprends pas un traître mot. Que se disent-ils ? murmura Emma.

– Eh bien, tu ne vas pas le croire, mais ils parlent des choses étranges qui se passent dans la ville. Le vieux dit qu'il a toujours pensé que la cathédrale avait ses secrets et qu'elle était remplie de signes mystérieux.

– Il se prend pour Fulcanelli...

– Hein, c'est qui ?

– Un type qui pensait que les cathédrales contenaient des langages secrets...

– Fascinant...

– Tu ne crois pas si bien dire ; et le vieux, comme tu dis, ne raconte pas des choses complètement absurdes. Bon, si tu veux t'immerger davantage dans cet univers, on le fera plus tard. En attendant, laisse-moi relire quelques passages...

– Vos désirs sont des ordres, Emma Cœur !

– Très touchant, Chechmann ! Et d'une telle originalité !

– *Salut bisame*, dit le vieil homme en quittant le bistrot.

– Ça veut dire « salut à tous », tu vois, Emma, ce n'est pas si compliqué.

– Parce que monsieur parle l'alsacien.

– Quelques bribes, ma chère, mais je comprends tout. Souvenir de mes grands-parents.

Après quelques minutes, Emma mit le doigt sur la partie du texte qui l'intéressait.

– Voilà, nous y sommes. Regarde, Antoine. Avant de s'appeler maison Kammerzell, comme son propriétaire Philippe-François du même nom, la maison s'appelait *Altes Haus*.

– Mais oui, tu as raison.

– *Haus*, ça veut bien dire « maison » en allemand ? Mais *Altes* ?

– Tout à fait, et *Altes* veut dire vieille, la vieille maison. Prenez toujours...

– La voie de la vieille maison.

– On file là-bas.

★

En pénétrant dans la demeure, Emma contempla le rez-de-chaussée en grès et les voûtes des pièces qui étaient ouvertes. Elle n'eut pas le temps de s'attarder sur l'architecture. Antoine demanda à voir le directeur et lui expliqua en deux temps trois mouvements qu'il enquêtait sur l'affaire Braun et qu'il devait accéder aux caves.

L'endroit était sombre. Un silence pesant accompagnait une odeur d'humidité. Tout en avançant, Antoine et Emma arrivèrent devant une épaisse porte en bois. Ils continuèrent leur chemin. Le sol était en terre battue. L'espace était de plus en plus réduit et obscur. Antoine alluma sa lampe torche, qui révéla des toiles d'araignées dont Emma se serait bien passée. Après un passage pentu, ils tournèrent à droite. Emma avait l'impression de parcourir des méandres sans fin et les murs en pierre ressemblaient à des blocs étouffants. Elle s'accrocha à la présence du lieutenant Meyer, qui était un véritable soutien.

Antoine dirigea la lumière de sa lampe sur un pan de mur.

– Regarde, Emma, il y a une inscription...

– Comme près de l'horloge, gravée dans la pierre. C'est le soleil à sept rayons.

– Avançons encore...

– J'ai bien peur qu'il n'y ait aucune issue. C'est juste une galerie souterraine austère.

– On continue, il faut aller jusqu'au bout, chuchota Antoine, comme si l'endroit imposait les murmures.

Un peu plus loin, ils découvrirent une nouvelle inscription qui se limitait à deux mots, « nef » et « voile ».

– Tu as une idée ? demanda Antoine.

– Alors là, aucune, sauf s'il s'agit tout simplement de la nef de la cathédrale. Quant au voile... En tout cas, d'autres sont passés là bien avant nous et ce n'est pas le hasard qui les a conduits à faire des graffiti sur un bout de mur.

– Des graffiti... Très amusant. Mais en attendant, la voie reste sans issue...

– Continuons encore un peu.

– OK, Emma, suis-moi.

Alors que le couloir se faisait de plus en plus étroit, Antoine remarqua un renfoncement dans le mur. Il y glissa sa main droite alors qu'Emma l'éclairait. Au toucher, il sentit comme un levier froid qu'il réussit à faire bouger d'un côté vers l'autre. Au même instant, un grincement se fit entendre et un pan de mur s'ouvrit, laissant entrevoir une petite salle carrée faite de gros blocs et de quelques poteaux en bois. Il y avait également une voûte munie d'un anneau en fer. Antoine tourna l'anneau vers la gauche. L'arcade en pierre désormais mouvante ouvrit cette fois la voie. Emma et Antoine restèrent immobiles. Devant eux se trouvait la crypte de la cathédrale de Strasbourg.

Par peur de déclencher le système d'alarme, les deux explorateurs rebroussèrent chemin. Antoine prit conscience de l'importance de ce passage secret dans l'affaire Simon Braun. Il en déduisit que les membres de la confrérie pouvaient l'utiliser à leur gré, sans éveiller le moindre soupçon. Cela expliquait entre autres comment le libraire et son assassin avaient pu se trouver dans l'édifice au milieu de la nuit, d'autant plus que l'alarme était en panne à ce moment-là. Quant à Emma, elle se dit qu'il lui fallait prouver l'authenticité du manuscrit au plus vite, ou le démentir. Ce qu'ils venaient de découvrir la fit douter. Et si les lions avaient bien rugi un jour ?

Avant de quitter la maison Kammerzell, la jeune historienne demanda à Antoine s'il pouvait l'accompagner pour visiter le reste de la bâtisse. En montant au premier étage, elle vit l'autoportrait du peintre Léo Schnug dont elle savait qu'il avait décoré l'intérieur de cette splendide maison. Elle avait lu que cet artiste était sorti des Arts décoratifs de Strasbourg, mais que ses hallucinations avaient fini par le conduire à l'asile. Emma contempla aussi l'escalier à vis, les innombrables fenêtres et la vue sur la cathédrale.

Antoine la raccompagna au domicile de Valentine.

Jusque tard dans la nuit, un défilé incessant d'idées et de questions empêcha Emma de s'endormir. Mais la fatigue finit par avoir raison d'elle et, avant de sombrer dans un sommeil profond, l'image de son père se dessina sur la toile de ses espoirs.

*

Au milieu de la foule, il savait qu'il ne prenait aucun risque. Mais il avait préféré mettre une casquette noire, des lunettes teintées et une écharpe. Comme les gens lui semblaient niais. Ils remuaient dans tous les sens en béant aux quatre coins de la cathédrale. Il reviendrait toutes les nuits jusqu'à ce qu'il trouve. Mais en attendant, plus question de prendre le souterrain, il fallait utiliser un autre moyen. Et dire que les compères de Braun se croyaient les plus forts. Déjouer la perspicacité et le labeur de la police en calquant ses idées avec leur stupide poster au jardin du musée... Le moment arriverait, il faudrait leur dire. La vérité n'est-elle pas fille du temps ? Ce temps béni qui ferait de lui un dieu, lui qui n'était aujourd'hui qu'un simple mortel.

Chapitre 9

Le lendemain matin, toute l'équipe du lieutenant Meyer était mobilisée. Valérie, Anis, Nicolas et Michel écoutaient les explications de leur chef avec une attention soutenue. Emma Parys et Yves Pelletier assistaient à la réunion. Les membres de la confrérie étaient convoqués et le commissaire comptait participer aux entretiens. Il savait pertinemment que le conseil Hora est s'était réuni pour discuter des attitudes à adopter et des réponses à fournir. Louise Vasser s'était sans aucun doute empressée de prévenir ses amis pour leur dire qu'elle avait craqué et que le manuscrit était entre les mains de madame Parys. Mais ce que le petit groupe dirigé par Braun ne savait pas, c'est que le lieutenant Meyer et la jeune Emma avaient découvert le passage entre la maison Kammerzell et la cathédrale, ainsi que les signes gravés dans la pierre. Cet endroit-là aussi était dès à présent sous surveillance. Pour Pelletier, les partenaires de Simon Braun, qui prétendaient œuvrer pour la protection de l'horloge et pour garder le privilège d'un secret ancestral, n'avaient rien de fiable. Il demanda à ses collègues de les apeurer lors des interrogatoires en insistant sur la ténacité et les atouts du meurtrier qui pouvait intervenir à tout moment. L'officier Michel Lang prit la parole :

– Si j'ai bien compris, le message de Braun « *Mars veritas temporis filia* » s'adressait à ses frères et sœurs de la confrérie. De quelle vérité parle-t-il ? Et pourquoi son meurtrier reprend-il les mots « mars » et « vérité » en les barrant ? À qui s'adresse-t-il ? Rayer ces mots, ça peut vouloir dire qu'ils sont faux, qu'ils ne correspondent justement pas à la vérité.

– Bien vu, monsieur Lang, affirma Emma. On dirait qu'il s'adresse à la fois aux membres de Hora est et à la police comme pour signaler une erreur...

– Madame Parys, que pensez-vous de cette histoire de trésor, d'un objet d'une immense valeur qui serait caché dans la cathédrale ? demanda Nicolas à Emma.

– Dans chaque cathédrale, on peut considérer qu'il y a un trésor. Dans celle de Strasbourg, des objets de valeur ont été conservés, mais ils n'intéressent pas celui qui a tué le libraire. On sait que certains objets précieux ont été perdus, comme une grande croix reliquaire, suite à un pillage qui date des années 1000, donc il ne s'agit pas d'ostensoir. Un calice en or, des étoles, une chasuble et d'autres objets offerts par l'empereur Frédéric Ier Barberousse sont introuvables, mais là encore, rien à voir.

– J'ai beaucoup de mal à avaler cette histoire de superbe objet, dit Pelletier en se servant un café.

– Et si le secret du rugissement des lions est bien véridique, il est fort possible que pour une raison que j'ignore, l'assassin le sache, ajouta Antoine tout en ajustant son chèche noir. Et s'il est aussi timbré que je le pense, pour lui, ça vaut de l'or. Il pourrait en tirer profit...

– Mais pourquoi ne s'en prend-il pas aux membres de la confrérie ? Après tout, il n'a pas hésité à se débarrasser de Simon Braun, dit Anis avec véhémence.

Mike ne put s'empêcher de faire ses mimiques habituelles à l'encontre du jeune Anis, mais personne ne réagit. De guerre lasse, Lang laissa tomber et se replongea dans la lecture de l'alibi de Luc Berger.

– C'est lui, alors, qui a suivi la secrétaire de la bibliothèque de Sélestat et qui veut effrayer tout le monde avec ses sabliers et autres symboles, ajouta Valérie tout en regardant Antoine.

Yves Pelletier posa sa tasse à côté de la cafetière. Avant de sortir de la pièce, il dit :

– Il faudra reparler des sabliers et autres signes étranges à ces chères personnes de Hora est. C'est à eux que ces messages s'adressent.

– Je trouve que le dernier message est différent, on dirait que l'auteur a tout à coup changé de style, suggéra Emma.

– Excellente remarque, chère Emma, lança le commissaire en la saluant pour montrer son admiration. Ah, au fait, dernière précision pour tous, on ne livre pas à la presse la découverte de la confrérie et du passage secret.

À quelques kilomètres de là, les membres de la confrérie Hora est étaient assis dans le parc du château de Pourtalès. Loin de l'agitation du centre-ville, ils pouvaient y discuter tranquillement. Les oreilles géantes en bronze de Parmiggiani n'étaient en rien indiscrètes. Louise Vasser était dans un état d'angoisse tel que ses quatre amis passèrent un moment à la calmer. Ses dernières déclarations ne lui laissaient aucun répit, même si elle s'était sentie soulagée dans un premier temps. Jojo lui avait donné les instructions en cas de besoin, prétendre qu'elle était la maîtresse de Simon Braun sans jamais en démordre, et lui fit des reproches virulents. Il s'était souvent dit qu'elle était trop faible pour assumer sa place au sein de la confrérie. Tout à l'heure, ils avaient tous rendez-vous avec le commissaire Pelletier, Meyer et les autres. Ils avaient décidé de camper sur leurs positions et de ne rien dire de plus. Mais ils ne comprenaient pas pourquoi l'empoisonneur ne se manifestait pas auprès d'eux. Pas le moindre coup de fil anonyme, pas de lettre, pas de menace directe. Il n'avait pas réagi. Les intentions de celui qui cherchait à leur nuire leur échappaient totalement. Même le curé Mambou, habituellement serein, se faisait du souci pour leur avenir et pour celui de leur trésor.

De nouveaux interrogatoires les attendaient. Depuis la visite de Meyer et de cette chercheuse à la bibliothèque de Sélestat, Louise avait fait des confessions suffisamment importantes pour mettre au point les réponses. Il n'était pas question de faire entrer qui que ce soit dans le monde privilégié et précieux de leur confrérie.

★

Une pluie cinglante tombait sur Strasbourg et des nuages épais assombrissaient le ciel. Dans son pardessus beige clair, Pierre Ott entra le premier dans le hall des locaux de la police judiciaire. Derrière lui, Odile Reich s'était mise sur son trente et un. Son tailleur bleu marine et son chemisier en soie blanc luminescent lui allaient à ravir. Le curé Armel Mambou marchait d'un pas faussement tranquille et un bon observateur pouvait remarquer son très léger manque d'aplomb. Reprenant son souffle après la hâte pour échapper à l'eau de là-haut, Louise Vasser déambulait et joua la sérénité en ôtant son imperméable rouge. Dans un jean râpé et un chandail ultramoderne qui adoucissait les traits de son visage, Luc Berger fermait la marche.

Pelletier et Meyer avaient décidé d'organiser un interrogatoire groupé. La présence des collègues d'Antoine et leurs interventions étaient destinées à déstabiliser les membres de la confrérie. Emma était de la partie.

Tout le monde entra dans une grande salle de réunion agréable. On proposa du café et du thé et on fit les présentations. Certains se connaissaient déjà, d'autres se regardaient comme de futurs ennemis. Yves Pelletier n'esquissa pas le moindre sourire et prit place en bout de table en déposant bruyamment un dossier sur le bois clair. Tour à tour, il leva les yeux sur les cinq membres de Hora est. Son regard foudroyant était sans appel.

Les collègues d'Antoine prirent place en se dispersant dans l'espace, comme pour prendre une emprise sur ceux qu'on allait interroger. Le ciel était devenu si sombre qu'on alluma les lampes. La pluie battante et enragée frappait contre les vitres, puis finit par s'affaiblir. Yves Pelletier prit la parole :

– Mesdames, messieurs, comme vous le savez sans aucun doute, de nouveaux éléments nous conduisent à vous réunir afin que vous nous éclairiez et que nous puissions coincer celui qui a tué votre ami Simon Braun.

– Madame Vasser, lança Antoine, vous avez déclaré que finalement, vous n'étiez pas sa maîtresse et que vous aviez inventé cette histoire pour justifier votre coup de téléphone. En fait, vous étiez bien suivie, mais pour une autre raison. Vous avez dit aussi vouloir aider monsieur Braun au nom de l'amitié qui vous lie et notamment grâce à la confrérie Hora est.

– Puisqu'au bas de votre dos, le soleil à sept rayons, signature de cette confrérie, est le même que celui de Braun, ajouta Emma en dégageant ses cheveux. Puis, vous nous avez dévoilé l'existence de ce manuscrit datant de 1840 qui révèle le secret des rugissements des lions de l'horloge astronomique, dont je suis en train de vérifier l'authenticité.

– Oui, madame Parys, et je vous ai dit que nous, ici présents, continuons à protéger l'horloge astronomique et son secret, répondit Louise Vasser en ôtant son imperméable.

– Rugissements qui, selon les dires de Jean-Baptiste Schwilgué, ne peuvent être mis en route qu'un 31 décembre à minuit, au risque de perturber tous les rouages, ajouta Nicolas avec une pointe d'ironie.

– Moment auquel le comput ecclésiastique, au dernier coup de minuit, va calculer toutes les dates et rester immobile jusqu'à l'année suivante, dit Emma en regardant Luc Berger avec insistance.

– Et Simon Braun s'est senti accablé lorsqu'un individu lui a fait comprendre que s'il n'obtenait pas l'ostensoir en or, il détruirait l'horloge, expliqua Valérie.

– Quatre personnes font ainsi partie de la confrérie lorsque Schwilgué fait sa superbe découverte, c'est bien ça ? voulut savoir Mike.

– Tout à fait, il voulait se protéger. En plus de son assistant Wolfer, il a fait appel à un orfèvre et à un graveur qu'il connaissait bien, expliqua Luc Berger en fronçant les sourcils.

– La confrérie s'est perpétuée avec d'autres personnes au cours du temps, et Simon Braun a repris le flambeau, dit Armel Mambou en se servant une tasse de thé.

– Connaissez-vous les noms de ceux qui vous précèdent ? demanda Emma.

– Pas du tout, répondit Jojo sans bouger.

– C'est étonnant, affirma Yves Pelletier. En tout cas, vous semblez inquiets, tous les cinq.

Non seulement les membres de Hora est étaient inquiets, mais les questions qui fusaient de partout leur donnaient l'impression d'être pris au piège. Il n'était pourtant pas permis de craquer. Jojo se leva, jeta un regard à Odile Reich et prit la parole :

– Lorsque nous avons su que Simon avait été tué et avait reçu ce message de rendez-vous qui parlait de Sabine et de la signature *Ad lucem*, nous avons compris que le criminel en savait trop et...

– Vous parlez de signature, reprit Emma, qu'entendez-vous par là ?

– *Ad lucem* est mon nom de code, avoua Luc Berger. Chacun d'entre nous en a un, cela facilite nos échanges. Nous sommes seuls à les connaître et nous ne comprenons pas comment le meurtrier de Simon les a trouvés.

– Veuillez décliner vos petits noms, s'il vous plaît, dit Mike. Je vous écoute.

Odile Reich s'appelait Uranie, la muse de l'astronomie. Louise Vasser était Diane, la déesse présente sur un char de l'horloge. Armel Mambou avait pour nom de code Alchémille, une plante médicinale appelée aussi « manteau de Notre-

Dame ». Pierre Ott s'appelait Copernic et ajouta que Simon Braun empruntait le nom de Lion.

Toutes ces dénominations avaient un lien avec l'horloge astronomique ou la cathédrale. Antoine secoua la tête. Pour lui, cette obsession pour l'horloge relevait du ridicule. Emma, intriguée et aiguillée par ses connaissances, cherchait d'autres explications. Tous ces noms étaient des symboles et pouvaient ouvrir d'autres pistes.

Armel Mambou revint sur l'histoire du rendez-vous donné à Braun :

– Nous étions paniqués lorsque nous avons compris que quelqu'un s'était fait passer pour Luc pour attirer Simon dans un piège.

– L'alibi de monsieur Berger n'est pas des plus solides, déclara Antoine.

– En effet, d'après nos calculs, il avait le temps de tuer Braun avant de téléphoner à Pierre Ott, enchaîna Anis, qui attendait des réactions.

– Luc n'avait aucune raison de tuer Simon, c'est vraiment un scénario complètement farfelu. Vraiment n'importe quoi, hurla Pierre Ott.

Une insurrection s'ensuivit, qui se traduisit par des mouvements nerveux et une salve bruyante. Yves Pelletier exigea le retour au calme. Luc Berger montra des signes de colère et envoya un regard foudroyant à Anis. Mais ce dernier géra l'affront et ne baissa pas les yeux. Odile Reich et Louise Vasser étaient au bord de l'explosion. Leurs cheveux leur collaient au front et des perles de sueur apparurent au-dessus de leurs lèvres maquillées.

Pelletier avait demandé de ne pas lâcher prise. La mise en scène était réussie. Les cinq alliés de Hora est manquaient d'air, mais avaient prévu des sorties de secours. Valérie poursuivit avec une nouvelle question :

– Hier soir, mesdames et messieurs, l'inspecteur Meyer et Emma Parys ont visité les souterrains de la maison Kammerzell qui appartient, si ma mémoire est bonne, à l'Œuvre Notre-Dame. N'est-ce pas, monsieur Berger ?

Cette nouvelle inattendue hypnotisa le club des cinq. Louise Vasser laissa échapper un petit cri de stupeur. Le curé Mambou sembla réciter un « Notre Père ». Pierre Ott et Odile Reich baissèrent la tête en laissant échapper un « Ah non ! ». Luc Berger se redressa et s'exprima avec calme :

– Vous l'avez trouvé, mais le meurtrier le connaît aussi puisqu'il s'est fait passer pour moi. La maison Kammerzell était encore ouverte à l'heure où il a donné rendez-vous à Simon. Vous avez constaté que le passage vers le souterrain est facile d'accès et à l'abri des regards.

– Et c'est sous la contrainte que Simon s'est retrouvé dans la crypte avant d'être assassiné, compléta Antoine.

– Oui, et il n'est pas homme à céder au chantage. Puisqu'il n'a rien dit, son meurtrier l'a empoisonné.

Luc Berger leva les yeux vers Emma comme pour la prier de la croire. Antoine connaissait les astuces et les talents de ceux qui tentaient de jouer avec lui lors des interrogatoires. Il lui arrivait de ne pas déceler certaines subtilités, mais il était sûr que Luc Berger ne disait pas tout. Il avait donné des instructions à ses amis pour dérouter la police. Le lieutenant continua :

– Mais à quoi vous sert finalement ce passage vers la crypte ? À des cérémonies particulières ? À des danses pour éloigner le mal ? Et vous maîtrisez aussi sans doute l'alarme de la cathédrale...

– Inspecteur Meyer, enchaîna Pierre Ott en décroisant ses jambes, ne nous prenez pas pour des fous ou des blasphémateurs. Nous accédons à la cathédrale uniquement de manière très exceptionnelle. Trois à quatre fois par an, nous y prions pour la protection de l'horloge et nous vérifions son état. Quant au dispositif de l'alarme, nul besoin de pouvoirs particuliers, nous faisons appel au talent de Luc, pour qui le système n'a aucun secret, et nous avons un système d'accès à distance mis en place par ses propres soins. Nous nous réunissons la plupart du temps dans la pièce que vous avez pu voir, avant l'entrée de la crypte.

– Je vois tout à fait, monsieur Ott. Mais de quoi parlez-vous durant ces réunions ?

– De la surveillance et de l'entretien de l'horloge, de la protection des lions, de l'éventualité d'une erreur de Schwilgué, de notre futur et de la relève... Et il a fallu qu'on tombe sur un taré qui s'est mis dans le crâne qu'il allait devenir riche grâce à un ostensoir d'une énorme valeur.

En son for intérieur, Pierre Ott regrettait amèrement la position du lieutenant Meyer. L'image qu'il avait de la confrérie était déshonorante. Le côté étrange de Hora est était réel, ça, il pouvait le concéder. Quant au reste, ni lui ni ses collègues ne pouvaient comprendre. Il eut une lueur d'espoir en pensant à Emma Parys. Il aurait préféré qu'Antoine Meyer mène une réflexion plus ouverte. Mais la lucidité reprit le dessus car il savait que peu de gens pouvaient entrer dans le monde exigeant et impénétrable qui était le leur.

Anis passa les mains dans ses cheveux noirs frisés puis les posa sur sa nuque. Il s'adressa à Luc Berger :

– À quand remonte votre dernière réunion ?

– Au 10 juin. Nous en faisons une le 10 de chaque mois, à 22 heures, sauf en juillet et en août. Nous nous arrangeons bien sûr pour faire un petit topo à Armel qui ne peut venir du Congo qu'une ou deux fois par an.

– Imaginons un instant que l'assassin ait découvert l'existence de Hora est et que vous ayez été suivis. Après tout, il connaissait même le lieu de travail de madame Vasser. N'avez-vous rien remarqué de suspect lors de vos derniers entretiens secrets ?

– Non, rien du tout.

– Et quand avez-vous emprunté le souterrain pour vous rendre à la crypte pour la dernière fois ? demanda Michel Lang.

Le temps de se souvenir, Pierre Ott répondit :

– C'était au mois de janvier dernier.

– Ses amis hochèrent la tête pour confirmer. C'est là que Luc Berger se leva précipitamment :

– Attendez ! Je me souviens ! Le 10 juin, nous avons ouvert le pan de mur qui nous permet d'accéder à la crypte. Ça nous arrive de temps en temps, histoire de vérifier si tout fonctionne bien ! Et j'ai même testé l'arrêt de l'alarme. C'est pas vrai…

– Si l'individu en question était planqué là, il a vu. Mon Dieu, il aurait pu tous nous tuer, s'exclama Odile Reich.

– Et il m'a entendu parler du trésor de la cathédrale alors que je parlais de l'horloge, indiqua le beau Jojo.

– Et si notre homme est féru de trésors et d'histoires d'or perdu, il s'est persuadé qu'il allait être riche. Tout est possible, releva Emma qui cherchait une logique à tout cela.

Yves Pelletier se leva, marcha vers la grande fenêtre orientée plein sud, se retourna vers l'auditoire et dit :

– Passons sur tous ces événements étranges qui se déroulent à Strasbourg. Notre gugusse s'amuse, à sa façon, à entrer en relation avec vous et avec nous par la même occasion. Il nous dit qu'il est là, inconnu, invisible et habile et qu'il a les moyens d'arriver à ses fins.

Antoine prit le relais :

– Il nous dit d'abord que le temps détruit toute chose et nous montre un sablier rempli de sable vert. Ne veut-il pas vous dire que même si Braun n'a pas parlé, le temps qu'il se donne conduira à la destruction de l'horloge ?

Valérie enchaîna :

– Puis, on dirait qu'il lance un avertissement avec le sang des bains municipaux. Affaire de temps ! Là aussi, on retrouve le sable vert et le sablier !

Ce fut autour de Nicolas :

– On reste dans la même couleur avec le jour du rayon vert. Qu'a-t-il préparé pour ce dimanche 22 septembre ? Un miracle ? Un crime ? Une destruction ?

Odile Reich tressaillit et serra le bras de son amie Louise. Puis, Mike prit la parole :

– Est-il aussi fort que Samson ? Veut-il détruire les lions de l'horloge et suspendre les habits rouges des cardinaux ? Notre individu est patient, il a des sabliers en réserve.

Anis aussi avait son mot à dire :

– Et que faire des deux mots barrés, ceux-là même que Simon Braun a écrits dans ses derniers instants de vie ? Le temps va-t-il nous révéler que le libraire aurait menti ? N'est-il pas en train de vous dire de ne pas le prendre pour un con ?

Un silence très lourd s'imposa. Toujours sur la sellette, les cinq membres de la confrérie portaient le poids de leurs peurs, leurs déclarations, leurs consciences. Antoine et ses équipiers avaient bien mené le jeu.

Emma quitta la pièce. Elle venait de recevoir un texto de l'un de ses collègues de Lyon qui lui demandait de le rappeler au sujet de l'authentification du manuscrit.

Yves Pelletier trouvait que les gens de sa troupe avaient de bons talents de comédiens. Il décida d'intervenir :

– Qui d'entre vous a décidé d'envoyer un message au meurtrier ?

Pierre Ott prit un air faussement hébété et répondit :

– Qu'entendez-vous par là ?

– Le jardin du musée de l'Œuvre Notre-Dame. Vos dons d'imitation ne sont pas parfaits. Mettre un grand poster et des cercles rouges autour des lions et du sablier, ce n'est pas le style de notre homme. D'ailleurs, il manque le sable vert et le sablier.

– Monsieur le commissaire, nous avons autre chose à faire que de nous promener dans un jardin médiéval pour y déposer une image et faire du dessin, commenta Odile Reich qui, tout à coup, reprenait du poil de la bête.

Luc Berger esquissa un sourire narquois. Il ne s'attendait pas à ça. Mais Pelletier ne comptait pas en rester là. Il demanda à Nicolas de se lever et prit sa place, à côté de madame Reich.

Cette proximité la mit mal à l'aise. Elle tira la jupe de son beau tailleur et détourna le regard. C'était bon signe, se dit le commissaire.

– Madame Reich, nous avons autre chose à faire que d'être pris pour des imbéciles. Et si vous et vos bons petits amis continuez à nous mener en bateau, je vais prendre les mesures qui s'imposent. Je repose donc ma question. Tenez, à vous, monsieur Berger, vous qui connaissez bien l'Œuvre Notre-Dame...

Mais le tailleur de pierre ne dit mot. Pelletier tapa du poing sur la table pour effrayer sa voisine. Afin de compléter cette cérémonie d'intimidation, Anis, Valérie et Mike lui demandèrent de se calmer et de ne pas en arriver au même point qu'une autre fois. Leurs visages d'acteurs imitèrent l'embarras et l'inquiétude. Valérie osa la supplique en joignant les mains. Armel Mambou s'expliqua :

– C'est moi qui ai eu cette idée. Nous voulions que l'énergumène se dévoile, qu'il fasse une erreur. Nous avions la certitude qu'il était au courant pour le rugissement des lions. Du coup, il était peut-être intéressé par ce que ça pouvait lui rapporter en plus du prétendu ostensoir. On voulait le faire réagir.

– Et prendre le risque de vous faire tuer ? répliqua Pelletier.

– Nous étions cinq contre un. Nous ne comptions pas nous laisser faire. On voulait le coincer.

– Et faire votre propre justice ?

– Non, commissaire, nous vous l'aurions livré. Nous ne sommes pas des criminels.

– Soit ! Je suis tenté de vous croire.

L'officier Michel Lang prit un air crédule et posa une nouvelle question :

– Autre chose, pourquoi Simon Braun a-t-il laissé ces quelques mots avant de mourir ?

– Je suppose qu'il voulait nous dire que son meurtrier était bien celui qui lui envoyait des avertissements, répondit Luc Berger.

– Mais avec vos noms de codes, vos mystères et vos embrouillaminis, il peut très bien vous avoir laissé un message caché, ajouta Antoine.

– Eh bien, il n'y a là aucun truc caché relevant d'une société secrète toquée, dit Pierre Ott, qui trouvait les insinuations de Lang stupides.

Yves Pelletier décida de mettre fin à la grande réunion. Il demanda aux membres de Hora est de rester à la disposition de la police et de l'informer de tout fait et de tout élément qui pouvaient faire avancer l'enquête. Il décida en outre de ne toujours pas divulguer l'existence du passage secret et de la confrérie à la presse. Tout le monde quitta la salle où flottaient les questions, les intuitions, les préjugés, les intimes convictions, les peurs, les présomptions d'innocence et les mensonges.

Antoine était de retour dans son bureau en compagnie d'Anis, qui avait du nouveau sur Luc Berger. Aucun voyage lointain n'avait été enregistré. Il avait fait un séjour à Paris. Il avait pris le train tout comme pour son voyage à Chartres où il avait rencontré des tailleurs de pierre dans le cadre de son travail. Il avait également fait quelques déplacements à Poitiers pour rendre visite à sa mère. D'après les dires de deux de ses collègues, il avait une peur bleue de l'avion et, pour lui, il était hors de question d'embarquer à bord d'un tel engin. Côté professionnel, il n'y avait rien à redire et il était apprécié pour ses compétences. Côté vie privée, Luc Berger avait été le compagnon d'une certaine Annie Balthier durant quatre ans, mais ils s'étaient séparés il y a environ un an. Anis rappela à Antoine que Berger était né à Poitiers un 22 mai 1961. Il vivait à Strasbourg depuis 1980, y avait fini ses études et appris son métier de tailleur de pierre. Anis proposa à Antoine de contacter les parents de Berger, la mairie et le commissariat de Poitiers pour en savoir davantage.

C'est vers 19 heures qu'Emma Parys apprit que le manuscrit était authentique. Elle ne pensait pas être fixée aussi vite. Son collègue de Lyon avait trouvé d'autres écrits provenant de Jacques Volfer qui dataient respectivement de 1839, 1840 et 1841. Emma avait mis la main sur un compte rendu de la mort de Volfer. Un soir de l'été 1842, alors qu'il avait fait la fête, il avait, semble-t-il, fait allusion à une découverte exceptionnelle dans la cathédrale de Strasbourg. Il avait été retrouvé mort le lendemain, sous le pont du

Corbeau, le pont des supplices médiéval, duquel il serait tombé à cause de son état d'ébriété avancé. Emma était estomaquée. L'histoire du rugissement des lions lui paraissait tellement rocambolesque… mais la confrérie existait réellement et elle puisa dans les dédales de l'histoire pour trouver des informations sur le rôle de Schwilgué, de l'orfèvre et du graveur qui l'avaient entourée dans sa quête de la protection du secret. Elle doutait cependant d'une recherche aussi incomplète, même si elle ne la trouvait pas futile. Le monde ésotérique renfermait des trésors de connaissance qui, à ses yeux, revêtaient une tout autre dimension. Et cela faisait un moment qu'elle avait ouvert sa réflexion à d'autres possibilités. Avant de poursuivre son travail, elle informa Antoine de sa découverte.

*

Dans le studio meublé qu'il louait depuis début mai, il préparait mentalement sa prochaine visite à la cathédrale. Tout le monde l'attendait dimanche, le jour du rayon vert. Il ricana sournoisement et plissa les yeux pour fignoler son plan. Les incapables de Hora est attendaient une manifestation de sa part. C'est vrai, il aurait pu laisser des messages morbides, recommencer une filature pour effrayer madame Diane, la déesse de la trouille. Mais eux ne l'intéressaient pas, ou plus. Et surtout pas celui qu'il avait cherché depuis si longtemps, qui finalement n'était qu'un pauvre type et qui de toute façon s'opposerait à son génie.

Il était le plus fort, un conquérant sans faille et le temps de la victoire était très proche. La seule chose qu'il regrettait, c'était de ne pas encore pouvoir partager ce bonheur avec Emma Parys. Il la convaincrait. Elle seule pouvait comprendre et toute sa vie, il serait fidèle à sa beauté. Ce n'était pas prévu, mais il se réjouissait de cette chance. Il absorberait la force du lion pour en extraire la richesse.

Chapitre 10

Emma avait mis son réveil à 6 heures 30. Hier soir, elle avait bavardé un long moment au téléphone avec son ami Léo. Elle lui manquait. Il insista sur le fait qu'elle pouvait être en danger car il avait suivi l'affaire dans les médias. Certains titres étaient plutôt éloquents : « Le fou de Notre-Dame » ; « L'empoisonneur de la crypte » ; « Danger de mort pour l'ange rose ». Emma réussit à le rassurer en lui expliquant à quel point certaines choses étaient exagérées. Elle ajouta qu'elle était très bien entourée et sous la protection de la police judiciaire et du commissaire divisionnaire. Léo avait hâte de la revoir.

Emma avait reçu un autre message, celui de son correspondant au Salvador, Oscar. Elle l'avait chargé de repartir de l'endroit où on avait vu Pierre Parys pour la dernière fois. Il avait réussi à trouver un témoin qui le connaissait. La veille de sa disparition, cet homme l'avait vu. Il devait se rendre dans un village de la région du Morazan pour y soigner des malades. Il était en pleine forme et lui avait même montré une photo de sa fille qui n'était alors encore qu'un bébé.

Emma était toute retournée et Oscar tenta de la consoler. Il lui donna de l'espoir et lui promit de se rendre dans le village. Il y aurait peut-être là-bas d'autres informations importantes. La jeune femme raccrocha, regarda son grain de beauté en forme de cœur et le caressa. Elle ferma les yeux et pensa au jour où elle partirait au Salvador. Elle était décidée, plus que jamais, à tout mettre en œuvre pour retrouver son père.

Avant de rejoindre Antoine à son bureau, elle prit le petit déjeuner avec Valentine. Elles discutèrent des dernières sorties cinéma. Valentine lui montra également quelques modèles de vêtements qui venaient de sa boutique et qui faisaient partie de la nouvelle collection automne/hiver : Emma craqua pour un chemisier rayé noir et ivoire, un pull chamarré original d'une douceur extrême et un feutre noir qui lui allait à merveille.

Emma mit ensuite un jean blanc, un pull bleu pastel en maille très légère et des baskets jaune citron. Elle fit la bise à son amie, quitta l'appartement et se rendit à l'arrêt de tram. Pendant le trajet, elle reprit le livre sur la maison Kammerzell qu'elle n'avait pas fini de lire. Elle tomba sur le chapitre qui présentait la vie et l'œuvre du peintre Léo Schnug. Elle regarda ses fresques, qu'elle avait vues le soir de la découverte du passage secret. Le titre de l'une d'entre elles, « La Nef des fous », attira son attention : l'artiste y avait développé son imagination et sa fantaisie en reproduisant le récit éponyme de l'écrivain Sébastien Brant. Le mot, ce mot-là et non un autre, « nef », la nef, la nef des fous. Et l'autre mot, là où le chemin menait à la crypte, le mot « voile ». Voile... Quelle voile ? Un bateau ? Le navire de Brant ? Les vices, les péchés ? La recherche de la sagesse ? Emma réfléchit et se concentra sur le sens des mots. Des images multiples défilèrent dans sa tête, des idées, des doutes, puis le mot « voile ». Le voile, voiler, cacher... Un voile sur « La Nef des fous ». Se pourrait-il que Schnug ait donné un sens caché à sa fresque ? Cette dernière dissimulait-elle autre chose ?

★

Lorsqu'elle retrouva Antoine, elle lui en parla immédiatement. Il était surpris, mais il prit néanmoins en compte la possibilité évoquée par Emma. Malgré les encouragements de Pelletier, l'inspecteur aux yeux gris avait l'impression de piétiner. La nuit précédente, il avait fait un cauchemar : il avait trouvé les traces de celui qui avait tué Simon Braun et l'avait poursuivi durant des heures à travers une forêt. Des pendules étaient suspendues aux arbres et on entendait le battement des secondes. Une nuit noire sans lune l'empêchait d'avancer rapidement. La lumière de sa lampe torche commençait à faiblir quand, tout à coup, il se trouva nez à nez avec les membres de la confrérie. Armel Mambou, Pierre Ott et Luc Berger lui barraient la route. Odile Reich et Louise Vasser brandissaient devant lui un foulard vert décoré du soleil à sept rayons en ricanant. Les cinq individus hostiles le sommèrent de ne pas aller plus loin. Ils allaient se charger du criminel. Antoine entendit un cri effroyable et vit un coq immense dont les yeux rouges semblaient profondément maléfiques. C'est là qu'Antoine s'était réveillé en nage.

De toute façon, il aurait été complètement ridicule de se laisser influencer par un stupide mauvais rêve. Il avait autre chose à faire. Il fit le nécessaire pour demander à un technicien de se rendre à la maison Kammerzell pour passer immédiatement « La Nef des fous » aux rayons X. La jeune femme était persuadée que Schnug connaissait Hora est. Elle se tenait debout devant la fresque. Que s'était-il passé dans la tête du peintre pour parvenir à ce résultat allégorique, quels étaient ses tourments ?

Le technicien commença son travail. Il était impressionnant de voir les modifications effectuées par l'artiste. Emma regarda avec attention chaque centimètre carré. Antoine observait la passion et cette avidité de savoir qui émanaient de ses regards. Au bout d'un moment, un premier élément important apparut. Près du coin droit de la fresque se trouvait le soleil à sept rayons.

– Ah, Antoine, je savais bien qu'il avait un lien avec cette confrérie.

– Et heureusement que ton sens du détail nous permet de faire le lien avec cette fresque.

– Regarde, il y a autre chose, dit Emma alors que le centre de la peinture était soumis aux rayons X.

– Oui, là, je vois une inscription, mais c'est tellement petit.

– Si, attends, j'arrive à lire, c'est encore du latin : *Sol lucet omnibus*...

– Ce qui veut dire ?

– Le soleil luit pour tous, à nouveau un lien avec l'horloge, sans aucun doute.

– Schnug était peut-être un membre de la confrérie.

– Nous poserons la question à ses membres actuels, je suis certaine qu'ils finiront par cracher le morceau...

– Entier... car sinon, ils vont vers de sérieux problèmes.

– Regarde Antoine, ici, une autre inscription.

– Où ?

– Là, fit-elle en montrant du doigt.

– OK, je vois. Il y a un premier mot, « Merci », puis « Dasypodius ». Ce n'est pas le mathématicien dont tu m'as parlé et qui est à l'origine de la deuxième horloge, celle qui date du XVIe siècle ?

– Eh oui, mon cher, et c'est une information de taille. Car du coup, il y a forcément un lien entre la confrérie et le concepteur de l'horloge qui a commencé son travail vers 1571.

– La confrérie serait donc bien plus ancienne que ce qu'on veut nous faire croire.

– Oui ! Et cacher cette information, c'est en cacher d'autres pour certaines raisons qui, à mon avis, dépassent le cadre du rugissement des lions... Mais le fou qui cherche de l'or a cassé leur clandestinité et tout ce qui s'y rapporte.

– Je suis tout à fait d'accord avec cette remarque, ma chère Emma. Tes recherches ont développé ton sens de la déduction, ajouta Antoine en souriant.

Le lieutenant Meyer décida de se rendre à la fondation de l'Œuvre Notre-Dame pour poser quelques questions à Luc Berger. Emma l'accompagna. Dehors, il faisait frais. Ils marchèrent vers la rue du Maroquin pour atteindre la rue des Cordiers où se trouvaient les ateliers. Un jeune garçon pressé qui tenait sous son bras gauche un skateboard tenta de se frayer un chemin entre les gens en attendant une surface plane. Deux femmes affriolantes riaient aux éclats alors qu'un groupe de touristes allemands suivait le drapeau rassembleur du guide.

Quelques gouttes tombèrent lorsque les deux enquêteurs entrèrent dans les ateliers. Quand Luc Berger les vit arriver, son visage trahit l'agacement et un soupir indélicat exprima sa lassitude. Antoine avança vers lui et lui fit comprendre qu'il n'était pas en mesure de pester.

– Monsieur Berger, à votre place, je ferais profil bas. Nous avons constaté tout à l'heure, en examinant la superbe fresque de « La Nef des fous », qu'une fois de plus, vous tentiez de nous mener en bateau. Vous comptez sans doute sur l'idée que nos investigations pourraient être incomplètes et que mes collègues et moi-même lâcherions prise. Je ne vous parle même pas des compétences avérées de madame Parys et de la détermination du commissaire Yves Pelletier.

– Monsieur Berger, nous savons à présent que l'origine de votre confrérie ne date pas de l'époque de Schwilgué, mais de celle de l'éminent Dasypodius, compléta Emma en prenant un tout petit risque.

– Rien ne vous échappe, madame Parys, répondit Berger avec mesquinerie.

– Soit, mais pourquoi nous cacher cela ? demanda Emma.

– Notre devise est d'en dire le moins possible. Nous n'existons pas pour faire notre publicité, pour être connus ou vénérés. Nous sommes là depuis le XVIe siècle parce que notre rôle consiste à protéger l'horloge de Dasypodius et celle de Schwilgué. Ce dernier a voulu poursuivre ce que Dasypodius avait commencé. Et le rugissement des lions, vous le savez bien, pourrait être convoité par des individus dangereux et faire l'objet de tractations dans le but d'avoir la fortune et le pouvoir.

– Le rugissement de ces beaux lions... verts... répondit Emma en prenant une voix mystérieuse. Toute une alchimie, n'est-ce pas ?

Luc Berger la regarda droit dans les yeux. Elle avait semble-t-il touché une corde sensible. Ils gardèrent le silence, celui qui révèle une compréhension commune, une forme de fraternité factice que force la situation. Antoine enchaîna :

– Expliquez-moi le rapport entre le manuscrit signé par Jacques Wolfer et la naissance de la confrérie en...

– 1571, compléta Berger.

– Comme je vous l'ai dit, notre mission consiste à user de la plus grande discrétion.

– Et moi, je vous demande de me donner une réponse que je puisse accepter, dit Antoine en haussant la voix car il perdait patience.

– Depuis la création de Hora est, tous ses membres font tout pour ne pas divulguer leurs connaissances. Aujourd'hui, même si nous ne savons pas pourquoi quelqu'un connaît notre existence, nous nous sentons coupables.

Emma se rapprocha de Berger et lui dit :

– Voulez-vous dire par là que le manuscrit de Wolfer est une tromperie, un vrai faux, un faux vrai...

– Je dois dire que vous êtes tout à fait remarquable, madame Parys...

– Vous n'avez pas encore tout vu, monsieur, mais je suis contente que vous vous en rendiez compte. Alors ! Reprenons ! Que cache donc cette fameuse histoire des lions rugissants ?

– Je ne suis pas certain que cela puisse vous aider à découvrir le meurtrier de Simon.

– Monsieur Berger, ou vous répondez tout de suite, ou je vous mets en garde à vue.

– Ça va, ne vous énervez pas, lieutenant Meyer.

Il inspira profondément, puis reprit :

– Quelque temps avant l'inauguration de la troisième horloge, Schwilgué a été harcelé par deux hommes dont nous ne connaissons pas l'identité. Ils faisaient partie de ces chasseurs de trésors, comme le débile qui a tué Simon, qui sont prêts à tout pour obtenir ce qu'ils veulent.

– On dirait que l'histoire se répète, dit Emma d'une voix mielleuse.

– Dasypodius était un homme remarquablement intelligent. Il savait qu'il était en danger car parmi ceux qui faisaient partie à l'époque du conseil de la ville, il y avait un ami sincère. Ce dernier lui expliqua qu'il était prévu de le mutiler afin qu'il ne puisse pas reproduire son chef-d'œuvre. Dasypodius s'est alors rendu une nuit à la cathédrale et a fait en sorte de réduire les lions au silence en modifiant le mécanisme.

– Et c'est là qu'il a décidé de créer la confrérie, continua Emma.

– Oui, et il a rédigé le mode d'emploi de la mise en route des lions. Mais rien à voir avec un 31 décembre et des complications éventuelles si les étapes ne sont pas suivies à la lettre.

– Et donc Schwilgué, trois siècles plus tard, a inventé ça pour désorienter ceux qui pourraient mettre la main sur le secret de l'horloge...

– C'est tout à fait ça, madame Parys. Lorsque Dasypodius a créé la confrérie, il s'est entouré des frères Habrecht, Josias et Isaac, célèbres horlogers, et de son ami David Wolkenstein, lui aussi mathématicien. Mais il y avait également le peintre Tobias Stimmer, dont vous avez pu admirer les œuvres sur l'horloge. Enfin, le nom de Martin Braun ne vous est pas inconnu et cet ancêtre de notre cher Simon était lui aussi un membre de Hora est.

– Eh bien, je ne finirai pas la journée comme un ignorant complet.

– Martin Braun, bien sûr, et c'est pour ça qu'il a acheté la maison Kammerzell en 1571, déclara Emma.

– Oui, c'était bien pratique pour les réunions et pour passer dans la crypte ! Et si on pousse plus loin, on peut considérer que l'orfèvre Eugène Braun était un membre de la confrérie.

– En effet ! Pour un membre du conseil de fabrique de la cathédrale, les accès et les informations étaient faciles à obtenir. Et puisque vous avez trouvé les messages de « La Nef des fous »...

– Nous pouvons en conclure que Léo Schnug en faisait partie également. Merci, monsieur Berger ! Que de confessions ! Vous aurez le salut de l'âme avant le chant du coq, louons la lune et le soleil !

Luc Berger manqua de perdre l'équilibre tant il était surpris par les mots d'Emma. La jeune femme resta extrêmement sereine et n'ajouta rien de plus.

Elle suivit Antoine vers la sortie et lui expliqua que les buts de la confrérie ne pouvaient pas se limiter au fonctionnement de l'horloge astronomique de la cathédrale de Strasbourg, mais qu'elle faisait appel à une dimension plus hermétique, dont les significations étaient plus imposantes.

– D'où la réaction de Berger à vos paroles mystérieuses.

– Oui, grand Chechmann, il a compris que j'en savais bien plus et que son histoire de rugissement des lions, même si elle fait partie de leur existence, n'est pas au centre de leurs tourments depuis que l'individu qui a empoisonné Braun est apparu.

Le téléphone portable d'Antoine sonna : c'était Valérie. Elle avait reçu un appel de madame Claudine Braun. En faisant du rangement, elle avait trouvé dans un tiroir un document manuscrit signé de la main de Simon Braun. Valérie s'était rendue sur place pour le récupérer. Le texte était assez court et confus, mais était lié à la confrérie. Antoine lui dit qu'ils étaient en route et qu'Emma l'analyserait. Valérie ajouta que son collègue Anis avait du nouveau sur le passé de Luc Berger et qu'il viendrait le voir dès son arrivée au bureau.

En traversant la place Gutenberg, Emma aperçut un grand manège. Quelques enfants rêvaient, juchés sur de beaux chevaux en bois peints et vernis. Il y avait aussi un marché aux livres d'occasion. Les chaises des terrasses de restaurants commençaient à se remplir. Sur les tableaux noirs mobiles, les plats et spécialités du jour étaient affichés à la craie blanche : Choucroute garnie – Baeckeoffe – Coq au Riesling – Presskopf. Mais aujourd'hui, Emma et Antoine déjeunèrent tôt et rapidement d'une paire de knacks et de quelques poignées de frites.

Valérie avait mis le document signé par Braun sous enveloppe et l'avait posé sur le bureau d'Antoine. Le texte était effectivement court. Aucune date n'y figurait, mais le libraire s'adressait à ses amis en les citant l'un après l'autre : Ad lucem, Alchémille, Uranie, Diane et Copernic. Puis, il fit allusion à la cathédrale de Sienne et à un vieux barbu dont ils avaient toujours suivi et développé les enseignements. On pouvait lire ensuite une phrase en latin, *Pater ejus est Sol, mater ejus Luna.* Le manuscrit finissait par les mots suivants : « Il faut détourner le verbe manquant de l'ignorant – là où brille la lumière des profondeurs coule l'eau sacrée. »

– Je n'y comprends rien, Emma, mais je suppose qu'il s'agit encore de messages codés. Et si tu pouvais me traduire le latin, ça pourrait m'éclairer, non ?

– Je ne sais pas si ça va t'apporter la lumière, mais moi, ça m'éclaire. Braun fait allusion au soleil, le soleil est son père, et à la lune, la lune est sa mère. En tout cas, ça confirme mes idées. Nous sommes dans la sphère de l'hermétisme.

– C'est-à-dire ? Genre ésotérique ?

– Absolument. Attends, je vais faire quelques recherches sur l'intranet à propos de la cathédrale dont il parle.

Emma alluma son ordinateur portable et entra son identifiant et son mot de passe pour accéder aux documents et archives de l'intranet de l'EHESS.

– Voilà ! Première chose. La cathédrale Notre-Dame-de-l'Assomption en Italie. Sienne se trouve en Toscane. Un vieux barbu...

– Mais quel rapport avec...

– Souviens-toi de ce qu'a dit Berger, discrétion et tout faire pour ne pas divulguer leurs connaissances. Un peu comme ce barbu qui se cache sous le visage d'un vieux... qui n'est autre que... Hermès Trismégiste ! C'est complètement dingue !

– Hermès qui ?

– Pour les Grecs, c'est le pendant du dieu égyptien Thot. C'est aussi la référence des principes et de l'enseignement ésotériques dans lesquels les alchimistes du Moyen Âge ont notamment puisé leurs fondements. Tout devient de plus en plus clair même si mon accès est très restreint...

– Hein ?

– Hora est est réservé à une élite, à un petit nombre de gens et personne n'est vraiment capable de comprendre leurs connaissances et leurs desseins. Ils préservent leurs secrets depuis Dasypodius. L'horloge n'est sans doute qu'une supercherie. Je ne crois toujours pas à cette histoire de rugissement des lions. Il faut que je fasse des recherches supplémentaires, tous les mots ont un sens double, tu comprends ?

– Oui, je vois ce que tu veux dire. Et le meurtrier, dans tout ça ?

– Quand j'aurai mes réponses complémentaires, je crois que je pourrai mieux comprendre ce qu'il cherche et pourquoi il agit comme cela. Je vais m'isoler dans le petit bureau qui se trouve à côté de celui de Nicolas. À tout à l'heure.

– OK, moi je vais voir ce qu'Anis a pu récolter à Poitiers.

Quelques instants plus tard, Anis entra dans le bureau d'Antoine.

– Anis, j'espère que tu as de quoi apporter de l'eau à notre moulin.

– Tu ne vas pas être déçu. Je crois que ça vaut vraiment le coup.

– Donc, tu as contacté Gilles Meniers du commissariat de Poitiers.

– Oui, et il est très efficace. Les parents de Berger habitaient dans un village situé à environ sept kilomètres de Poitiers. Luc a grandi là-bas. D'après les anciens du village, la mère était d'une grande gentillesse, contrairement au père dont ils disent qu'il était autoritaire, violent et surtout horriblement superstitieux. Le père est décédé en 2010 et la mère vit aujourd'hui dans une maison de retraite à Poitiers. Meniers lui a rendu visite.

– Excellent ! Et qu'est-ce qu'il a appris ?

– La mère est en mauvais état, elle a parlé de manière totalement confuse et a pleuré à plusieurs reprises. Elle a prononcé sans arrêt le nom de madame Moreau en répétant « Pourquoi, pourquoi ? Toutes mes prières sont restées vaines. » Elle a aussi parlé de Croutelle. C'est un tout petit village à six kilomètres de Poitiers.

– Et ça nous dit quoi d'autre ?

– Du coup, Meniers a fini par tomber sur cette fameuse

madame Moreau. Elle a aujourd'hui 90 ans, mais elle se souvient de tout.

– C'est-à-dire...

– Elle habite depuis toujours à Fontaine-le-Comte, à environ huit kilomètres de Poitiers. Elle n'a jamais été mariée, n'a pas d'enfants, mais elle s'est occupée d'un petit garçon alors qu'il n'avait que deux mois et jusqu'à ses sept ans.

– Luc Berger !

– Non, justement, il ne s'agit pas de Luc Berger. Tiens-toi bien, ce petit garçon s'appelle Marc... Marc Berger... Et c'est le frère de Luc.

– Un frère ? Mais il n'a jamais indiqué qu'il avait des frères et sœurs quand on le lui a demandé.

– C'est normal !

– Quoi ?

– Il l'ignore complètement. Comme je te l'ai dit, le père était un superstitieux de premier plan, un malade, si tu veux. Lorsqu'il a vu Marc pour la première fois, à sa naissance, il a décidé que son visage incarnait le mal et qu'il fallait se séparer du petit. D'après madame Moreau, sa femme l'a supplié mais elle n'a rien pu faire. Il a donc passé les sept premières années de sa vie avec cette madame Moreau.

– Et Luc est né après, avec le visage qui allait !

– Attends, tu ne sais pas encore tout. Meniers a découvert que l'acte de naissance de Luc n'était pas authentique. Il a fini par tomber sur le bon. Le 22 mai 1961 à 14 heures et à 14 heures six sont nés à Poitiers deux enfants de sexe masculin, Luc et Marc Berger.

– Oh nom de Dieu ! Des jumeaux !

En proie à une montée d'adrénaline, Antoine se leva et remua dans tous les sens. Cet élément capital lui faisait faire un retour dans les épisodes des derniers jours. Il se remémora les déclarations de Luc Berger et pensa à ses doutes quant à son alibi. Si Simon Braun n'avait pas été surpris ni traumatisé par son futur meurtrier, c'est parce qu'il croyait le connaître. Mais il avait affaire à Marc Berger qui, pour des raisons qui lui échappaient encore, avait retrouvé son frère et dont l'unique obsession était de récupérer un trésor à la cathédrale.

– Anis, tu me dis, les sept premières années chez madame Moreau. Et après ? Sais-tu ce qui s'est passé ?

– La mère des jumeaux a parlé du village de Croutelle. Le père a décidé un jour que Marc serait mieux dans une institution privée religieuse...

– Sans doute pour éloigner le mal...

– Possible avec ce taré. Donc Marc Berger a passé pas mal d'années au pensionnat La Providence, réputé pour être plutôt sévère. Ça vous forge un homme, quoi !

– Je vois. Et quand est-il sorti de là ?

– Le jour de ses 16 ans. Il est venu rendre visite plusieurs fois à madame Moreau, qui lui avait tout raconté dans une lettre avant qu'il ne parte au pensionnat. Il lui aurait dit qu'il refuserait toujours de voir ses parents, ce qu'on peut comprendre, mais que, par contre, il aurait aimé connaître son frère jumeau. Marc Berger était venu passer quelques jours chez elle au mois d'avril dernier. Il avait retrouvé les traces de son frère qui était tailleur de pierre à Strasbourg.

– Et il est bel et bien venu à Strasbourg. Mais visiblement, Luc Berger n'en sait rien. En tout cas, c'est l'homme que nous devons trouver. De toute façon, je suis persuadé qu'il sera à la cathédrale ce dimanche, le jour du rayon vert. Ce que je ne sais pas encore, c'est pourquoi il ne cherche pas ou plus à entrer en contact avec Luc Berger.

– Parce qu'il sait quelque chose que nous ignorons.

– Oui, et les recherches d'Emma vont finir par aboutir.

– Et le type se tient tranquille, il est extrêmement rusé et ses années à La Providence ont dû lui donner une force incroyable.

– OK, mais il faut trouver sa faille, il y en a forcément une... Et il ne lâchera pas le morceau avant d'avoir pris ce qu'il veut.

– Autre chose...

– Oui, Anis ?

– Meniers a retrouvé l'un des enseignants de l'époque du pensionnat, un prêtre qui lui a raconté que Marc Berger tenait un journal qu'il avait, semble-t-il, commencé le jour de son entrée à La Providence. Il était très bon élève. Il s'était même grandement spécialisé dans les plantes médicinales...

– Ce qui expliquerait qu'il connaisse les poisons. Imagine que Marc Berger débarque à Strasbourg, qu'il va enfin faire la connaissance de son frère jumeau. Comment a-t-il l'intention de l'appréhender ? Est-il méfiant ? Imagine qu'il a suivi Luc et qu'il s'est retrouvé à Kammerzell, qu'il a tout découvert et tout entendu.

– Je vois la suite.

– On va lancer un avis de recherche, mais je pense qu'il est vraiment bien planqué.

– Tu ne penses pas qu'il sera à la cathédrale ce dimanche ?

– Oh si, j'y compte bien. Et c'est l'occasion de le coincer.

– En tout cas, il sait ce que fait son frère, il connaît l'adresse de la librairie, le lieu de travail de Louise Vasser...

– Et Luc Berger a parlé de leur dernière réunion, le 10 juin. Ce jour-là, ils ont testé non seulement le mécanisme du passage secret, mais aussi le dispositif de l'arrêt de l'alarme.

– Figure-toi que Marc Berger n'est pas un novice en matière d'électronique et de dispositifs de surveillance. Il travaille pour une boîte qui les crée et les installe.

– Quand je pense à Simon Braun qui s'est fait complètement avoir en suivant l'homme qu'il croyait être Luc Berger.

– C'est vraiment dingue, tout ça.

– Je ne te le fais pas dire. Je vais prévenir Pelletier et donner les consignes pour dimanche. Tout le monde doit être disponible.

– OK, chef Chechmann.

– Haha, Chechmann aura le dernier mot, on va coincer ce taré !

Sur ce, Antoine Meyer sortit de son bureau et se dirigea vers le bureau d'Yves Pelletier. Il fit légèrement glisser la paume de sa main gauche le long des deux pans de son chèche couleur sable, puis glissa sa main droite dans la poche de son jean délavé. Il discuta quelques instants avec Marielle, l'assistante du commissaire, qui lui demanda de patienter. Pelletier était en ligne avec l'archevêque pour l'assurer des dispositifs qui allaient être mis en place ce dimanche 22 septembre. Il lui expliqua aussi que leur enquête avançait à pas de géant et que lui et ses collègues n'étaient pas loin de mettre la main sur l'assassin de Simon Braun. L'archevêque se sentit apaisé, mais craignait toujours les réactions de l'empoisonneur, surtout à l'occasion de l'événement du rayon vert. Il avait lui aussi donné des consignes lors d'une réunion avec son conseil de fabrique, la fondation de l'Œuvre Notre-Dame et le conseil pastoral.

★

Pelletier demanda à Marielle de faire entrer le lieutenant Meyer. Avec les informations essentielles obtenues grâce au commissariat de Poitiers, bien des questions trouvaient leurs réponses et bien des faits prenaient tout leur sens. Yves Pelletier imagina le libraire qui attendait devant la cathédrale la nuit du 8 septembre et qui pensait parler à son ami Luc

Berger. Il pensait à la confrérie Hora est, découverte grâce aux compétences d'Emma Parys, dont les membres avaient tenté de diriger l'attention des enquêteurs en leur servant des mensonges bien ficelés. Pelletier attendait avec impatience qu'Emma ait trouvé des éléments complémentaires sur le fonctionnement et les visées réelles de la confrérie. De toute façon, le meurtrier de Braun voulait s'emparer d'une chose dont il ne pouvait pas se passer, quitte à prendre de gros risques.

Antoine demanda conseil à Yves Pelletier :

– Qu'est-ce qu'on fait avec Luc Berger, qui est innocent ? Devons-nous lui dire ce que nous savons et lui parler de son frère jumeau ?

– Il est en droit de savoir ça. Nous ignorons comment il va réagir, surtout quand il comprendra que c'est lui qui a tué Braun et qu'il poursuit sa quête.

– Il risque de vouloir le chercher par ses propres moyens.

– Nous n'avons aucune trace de lui, pourquoi en aurait-il ? La seule voie possible est la cathédrale. C'est là qu'il ira.

– Et Luc voudra y aller également...

– Soit ! En plus, il connaît la cathédrale comme sa poche. Il pourra te donner des informations sur les moindres recoins du grand ange rose.

– Quand je pense qu'il va être confronté à un frère dont il ne connaissait même pas l'existence et qui, finalement, met en péril celle de la confrérie... Une épreuve pour sa conscience.

– Mais pas un choix cornélien. La confrérie est pour lui au-dessus du reste.

– En êtes-vous certain ? Là, il va découvrir un frère, au bout de cinquante-deux ans d'existence.

– Il ne pourra pas trahir Hora est, c'est trop important à ses yeux, tout comme ça l'était pour Simon Braun.

– Je vais aller le voir à son atelier. J'en profiterai pour lui demander de m'indiquer toutes les parties de la cathédrale qui pourraient être de bonnes cachettes. Quand je pense qu'il était là le 9 septembre, tapi quelque part. En fait, ce Charles Hammer, euh, le sacristain, avait bien entendu et bien vu. Un raclement de gorge et une petite croix ansée qui n'était plus là à son retour. Berger était bien encore dans l'édifice à ce moment-là, et bien après.

– Il connaît le passage secret et sait comment stopper le système d'alarme. Il avait toute liberté pour quitter la cathédrale au moment qui lui semblait le plus opportun.

– Et il y est retourné pour mettre la main sur ce qu'il cherche… et qu'il n'a pas encore trouvé.

– Tout à fait ! Antoine, je compte sur toi et tes collègues pour arrêter Berger. Vous avez fait du bon boulot jusque-là, mais c'est maintenant que tout se joue. N'oublie pas que l'individu n'a pas hésité à empoisonner Braun, il peut recommencer s'il a un coup de sang ou s'il n'obtient pas ce qu'il veut. Je pense qu'il est extrêmement imprévisible, donc ta vigilance devra s'adapter en conséquence.

– OK, patron. Je vais de ce pas voir Luc Berger.

– Parfait, Meyer ! Une dernière chose : je vous invite, Emma et toi, à déjeuner avec moi demain. Rendez-vous dans mon bureau pour midi.

– Avec plaisir, je préviens Emma. Merci, chef !

Yves Pelletier lut les derniers articles parus dans la presse. Comme il avait décidé de ne pas officialiser l'existence de la confrérie et du passage secret, les articles se limitaient à un rappel des faits et à l'interprétation des signes mystérieux disséminés dans le centre-ville de Strasbourg. Sur les réseaux sociaux, un groupe s'était créé et poursuivait la lecture des ouvrages de référence sur l'hermétisme et sur la littérature alchimique. Il demanda à Marielle de ne pas être dérangé.

Un peu plus loin, Emma sondait le monde fermé mais ô combien palpitant de la confrérie Hora est. Elle reprenait un à un les renseignements dont elle disposait, les imbriquait dans les connaissances qu'elle avait déjà acquises sur le sujet, puis menait des recherches plus profondes en écoutant ses intuitions.

★

Sa lettre était presque terminée. Il avait décidé de l'adresser à Emma Parys. Enfin quelqu'un qui n'était pas comme tous les autres ! Il avait lu ses publications et les articles de presse qui parlaient d'elle : il avait tout à lui offrir. Mais avant de la rendre heureuse, il fallait les attirer dans le piège. Les comparses de la confrérie se tenaient à carreau. Leur plan du jardin médiéval n'avait pas fonctionné. C'était le moment de mettre la pagaille. Meyer et sa bande s'attendaient à la grande révélation du dimanche, un peu comme les gens attendaient la merveille du rayon vert. Que d'illuminations ! Même son frère ne représentait plus rien pour lui alors qu'il avait fini par le retrouver. Il avait hésité un moment, un tout petit moment. Lorsqu'il était entré dans la maison Kammerzell, qu'il les avait suivis et qu'il avait appris que dans la cathédrale de Strasbourg se trouvait un trésor inestimable, il avait su que c'était un signe. C'était pour lui et pour personne d'autre. Mambou, Ott et compagnie étaient des candides. Et tout ça, au nom de la sacro-sainte confrérie. Laisser en sommeil le plus merveilleux des cadeaux... Il était temps que tout soit accompli et que l'on comprenne enfin qu'il était l'être unique d'un monde supérieur.

Il se leva et prépara sa bague à poison ainsi que plusieurs doses. Si ça tournait mal, il en userait sans aucun problème. Puis, il prit la photo d'Emma découpée dans un magazine et la fixa au mur. Il regarda l'image de la jeune femme avec vénération. Après un bref raclement de gorge, il s'installa à la petite table en bois et finit la lettre. Puis il compléta l'enveloppe blanche : Emma Parys – Aux bons soins du lieutenant Antoine Meyer – Police judiciaire – Route de l'hôpital – 67000 Strasbourg. Il ajouta le mot « Urgent » sur le coin gauche. La nuit tombée, il glisserait lui-même l'enveloppe dans la boîte aux lettres.

Chapitre 11

Le samedi 21 septembre, Xavier distribua le courrier. Il ouvrit la porte du bureau du lieutenant Meyer à 8 heures 12. Antoine était en train d'annoter un plan précis de la cathédrale que Luc Berger lui avait remis la veille, accompagné de commentaires personnels sur les chemins et endroits secrets de l'édifice. Malgré son côté austère et son physique déplaisant, Berger avait fait des efforts pour être utile au lieutenant. Antoine avait décidé de lui annoncer l'existence de son frère jumeau après le déjeuner.

Xavier déposa les enveloppes dans la corbeille à courrier dénommée « Entrée ». Il signala à Antoine qu'une enveloppe était adressée à Emma Parys avec la mention « Urgent ». Il trouvait cela étrange et un mauvais pressentiment l'envahit. Il contacta immédiatement Emma, qui était déjà en route. Elle ne s'affola pas et se laissa porter par les mouvements du tram et le bourdonnement des conversations. Elle portait ce matin-là une robe mi-longue et cintrée, couleur ivoire, surmontée d'un joli petit décolleté arrondi. Emma l'avait agrémentée d'une belle étole en soie de couleur identique et d'une veste rouge grenat qui mettait son visage en lumière. Ses cheveux frisés tirés en arrière agrandissaient ses yeux clairs. Hier soir, avec Valentine, elle était allée écouter *Les Trois Sœurs* de Tchekhov au Théâtre national. Avant de rentrer à l'appartement de la rue des Fleurs, elles avaient pris un mojito au café de l'Opéra.

À son arrivée à l'hôtel de police, Emma croisa le commissaire Pelletier. Elle lui dit qu'elle avait bien planché sur le dossier Hora est et qu'elle voulait lui en parler dans la journée. Yves Pelletier lui rappela leur rendez-vous de midi avec Antoine. Elle pourrait lui expliquer le fruit de ses recherches. Emma acquiesça et se dirigea vers le bureau du lieutenant Meyer.

Dans le couloir du premier étage, Valérie et Nicolas discutaient du plan que pouvait avoir mis en place Marc Berger pour ce dimanche. Mike se joignit à eux. L'avis de recherche n'avait rien donné pour le moment : seuls deux appels avaient été enregistrés, mais sans résultat. Les trois officiers de la police judiciaire saluèrent Emma, qui leur sourit aimablement. Elle entra dans le bureau du lieutenant :

– Bonjour Antoine, comment vas-tu ? Oh ! Celui-là, je ne l'avais pas encore vu, ajouta Emma en contemplant son chèche gris chiné. Assorti à tes yeux, quel bon goût !

– Mon grand-père était couturier, ça doit venir de là. Bon, moi, je me sens comme un tourbillon. J'ai hâte de mettre la main sur Berger.

– C'est quoi, cette histoire de lettre à mon nom ?

– La voilà. Tu attendais un courrier ?

– Non, pas du tout, répondit Emma en ouvrant l'enveloppe.

À mesure qu'elle lisait le contenu, son visage d'abord détendu et curieux se décomposa. Ses yeux écarquillés traduisaient de la peur. Le papier tremblait sous ses mains. Elle prit place sur la chaise et posa sa main gauche sur sa poitrine tout en essayant de reprendre sa respiration.

– Emma, que se passe-t-il ?

– Il se passe que Marc Berger a pris contact avec moi et qu'il m'écrit des choses qui font froid dans le dos, balbutia la jeune femme tout en cherchant un apaisement dans les yeux gris d'Antoine.

– Quoi ? Fais-moi lire ça.

La lettre disait ceci :

« Très chère Emma Parys,

Me voilà sur le point d'accomplir ce qui doit l'être. J'ai découvert Hora est et son secret en assistant à une réunion de ses membres à leur insu. Si la vérité est fille du temps, celle qu'ils affichent n'est qu'un leurre. Mars est une tromperie, vous le savez, tout comme le lion, la lune, le soleil, le coq. J'ai donné des indices. Mais ce cher Meyer s'est focalisé sur le tailleur de pierre alors que l'essentiel est ailleurs. Tout le monde ne peut pas se mettre dans la peau d'Ad lucem.

Braun n'a rien compris. Il s'était arc-bouté dans ses convictions stupides. Je n'avais pas le choix. En tant qu'élu, j'ai dû me servir du poison pour faire taire le lion. Je briserai les flèches d'Apollon et de Diane. Le temps apparent éclatera. Je délivrerai le trésor car quand je tiendrai l'or entre mes mains, l'éternité et le pouvoir me seront offerts.

Ma chère et tendre Emma, votre beauté force le respect. Lorsque la toute-puissance m'habitera, je ferai de vous ma reine. J'aurai la gloire du monde. Tous ceux qui s'opposeront à notre bonheur seront évincés. Vous serez délivrée le jour du rayon vert. »

Antoine comprit Emma : qui n'aurait pas été terrorisé en lisant ces phrases sordides et en imaginant les conséquences du projet d'un fou ? Emma se sentait observée par un homme déséquilibré qui avait visiblement un faible pour elle. Sa détermination, une fois de plus, semblait énorme. Le lieutenant Meyer calma la jeune femme, que la surprise rendait immobile.

– Emma, ne t'inquiète pas, tu es en sécurité avec nous. Nous ne te quitterons pas d'une semelle jusqu'à ce que tout soit réglé. Il faut être prudent et tout ira bien. Et d'après la lettre de ce taré de Berger, il ne te veut aucun mal puisqu'il te vénère...

– Aucun mal si je fais ce qu'il dit. Mais dans le cas contraire, je pourrais bien prendre une dose de calphorbia.

– Non, il ne fera pas ça. Il cherche un trésor et il veut le partager avec toi.

– Ben voyons ! C'est vraiment très simple. Tu as oublié ce qu'il a fait à Braun ?

– Ce type veut dominer. Il a construit un projet dans lequel tu figures. Il faudra jouer la ruse.

– Tu as sans doute raison. Il faut que je me calme. Après tout, s'il avait voulu me faire du mal, il l'aurait déjà fait. Avec les moyens qu'il a... Et sa manière de demeurer invisible même maintenant, alors qu'on connaît son identité...

– Il y a un type qui se promène à Strasbourg et qui ressemble comme deux gouttes d'eau à Luc Berger. Bon sang !

– Il prend des précautions immenses.

– Un faux nom, des sorties nocturnes, une entrée à la cathédrale moins assurée depuis qu'on surveille...

– En tout cas, il y sera ce dimanche. Et Dieu seul sait ce qu'il va y faire !

– Surtout qu'il se prend pour un futur dieu !

– Ce qui importe, c'est de savoir de quoi il parle quand il évoque le trésor. Comme je te l'ai dit, l'histoire de l'horloge passe au second plan. Elle ne présente un intérêt pour la confrérie que s'il y a un lien évident avec ce fameux trésor. Et ça, je l'ignore pour le moment.

– Le seul moyen de le savoir est de se confronter à Marc Berger. Et l'avantage que nous avons, c'est que nous savons qui il est et qu'il ne le sait pas.

– Alors, préparons-nous à cette confrontation. Moi, je me sens prête, même si j'ai la trouille. Je veux savoir ce qui se cache derrière le lion, la lune, le soleil, le coq et la quête sans fin dont a parlé le curé Mambou dans sa lettre adressée à Simon Braun. Je te l'ai dit, toute l'histoire est liée à l'hermétisme, aux enseignements du grand Hermès.

– J'ai quelques idées sur les doctrines réservées à une élite, ça me fait penser à de vieux trucs poussiéreux qu'on trouve dans les greniers et qui ne servent à rien. Mais moi aussi, je suis prêt à affronter ton amoureux transi.

– Je m'en serais bien passée... Comme je me sens flattée, ajouta Emma en levant les yeux au ciel. On se voit tout à l'heure, j'ai quelques petites choses à vérifier.

– Oui, moi aussi. Et ne t'inquiète pas, nous serons sur nos gardes.

– Oh, j'ai de quoi me défendre. Un premier dan en taekwondo, ça peut servir !

– Ouah ! Je suis très impressionné ! Bravo !

Dans les locaux de la police judiciaire régnait une certaine agitation. Les collègues du lieutenant Meyer avaient bien noté toutes les instructions, et tous les officiers de police étaient à pied d'œuvre. Yves Pelletier avait encore répété les consignes. Sa réputation de commissaire divisionnaire efficace n'était plus à faire. Le préfet l'avait rappelé dans la matinée pour lui renouveler toute sa confiance. En l'absence de l'archevêque, qui avait été convoqué d'urgence au Saint-Siège dont le diocèse de Strasbourg dépendait directement, l'archiprêtre et toute son équipe avaient mené avec foi et détermination l'organisation des manifestations dominicales de ce 22 septembre. Ils avaient même reçu le soutien et les encouragements des pasteurs, des rabbins et des imams à travers des courriers et des interventions radiophoniques comme télévisées. Tout le monde se souvenait du message laissé par le criminel à la tour du Bourreau et tout le monde savait que le jour du rayon vert, c'était demain. À 12 h 24, la tête du Christ en croix serait mise en lumière. Un mélange d'appréhension et de curiosité envahit les âmes citoyennes.

Vers midi, Pelletier mit sa veste, réajusta sa cravate et prit ses clés de voiture. Il avait demandé à Marielle de réserver une table pour trois au restaurant Le Cerf à Marlenheim, qui se trouvait à environ vingt kilomètres de Strasbourg. Amateur de grande cuisine, il se permettait de temps à autre un repas dont la qualité comblait de bonheur ses papilles gustatives. Aujourd'hui, il tenait à partager ce bon moment avec Emma et Antoine.

Tous trois se glissèrent dans la voiture du commissaire. Celui-ci prit l'autoroute A35, puis l'A351. Lorsqu'ils traversèrent Ittenheim, Antoine demanda :

– Commissaire Pelletier, où allons-nous déjeuner ?

– Eh bien, je vous emmène au Cerf...

– À Marlenheim ? Ouah ! Quelle chance, je me réjouis.

– Vous verrez, Emma, l'endroit est typiquement alsacien. Maison à colombages, cour intérieure pavée... Et il est situé à la porte de la très belle route des vins. La cuisine y est excellente, je connais personnellement la famille qui tient cet endroit magnifique.

– Ah, je suis ravie, monsieur Pelletier. Un bon repas avant de défier celui que nous attendons demain, c'est providentiel, répondit Emma avec humour.

Ils passèrent les villages de Handschuheim et de Furdenheim. Antoine expliqua à Emma qu'ils se trouvaient dans une partie de la plaine d'Alsace appelée « Kochersberg », une région agricole très riche. Emma trouvait ces villages très mignons et dit :

– Avant de quitter Strasbourg, je comptais visiter le château du Haut-Koenigsbourg.

– Le château royal ! Vers 1900, c'est l'empereur Guillaume II qui a hérité de ses ruines et qui l'a fait entièrement restaurer. Ce monument historique appartient aujourd'hui au conseil général du Bas-Rhin.

– Ma chère Emma, si j'en ai l'occasion, je t'accompagnerai bien volontiers, émit Antoine avec un grand sourire.

– Mais oui, parfait. On emmènera mon amie Valentine et son amoureux, ce sera une belle balade.

– Et si on a le temps, je vous ferai voir la montagne des Singes ou la volerie des Aigles.

– Des singes en Alsace ?

– Oui, pas moins de deux cents macaques qui se promènent dans la forêt et qui te serrent quasiment la main quand tu les nourris.

– Original, dit Emma avec étonnement.

Yves Pelletier gara la voiture. Ils firent quelques pas puis entrèrent dans la belle cour pavée du restaurant. Le soleil brillait. De grands parasols en toile orange dessinaient de larges ombres sur les tables et les chaises. Des géraniums d'un rouge flamboyant garnissaient les balconnières accrochées aux fenêtres et de grands pots en terre.

L'accueil était très agréable et durant le savoureux déjeuner, les trois goûteurs saluèrent cet art merveilleux qu'est la cuisine et les artistes qui en étaient les auteurs. Comment auraient-ils pu rester insensibles à un feuilleté d'asperges, à un filet de daurade accompagné d'une sauce aux douces épices et à une subtile combinaison de rhubarbe, de coco et de fraise ? Yves Pelletier profita de ce moment enchanteur pour demander des explications à l'élégante Emma Parys et pour en tirer des conclusions éventuelles. Il savait qu'Antoine agirait en conséquence.

– Nous sommes d'accord, Luc Berger et ses acolytes ont habilement joué la comédie pour nous mener vers de fausses pistes, dit Pelletier pour démarrer le sujet.

– Absolument, mais leur peur est réelle, répondit Emma. J'ai fait le tour des informations dont nous disposons. Avant de mourir, Simon Braun laisse le mot « Mars » et parle de vérité, fille du temps. La confrérie Hora est se doit avant tout de protéger ses desseins.

– Et Braun, avant de mourir, a donc voulu préserver Hora est, tout comme l'a fait Jojo en prétendant que la réunion dont il parlait sur le répondeur de la librairie concernait l'association, poursuivit Antoine. Quant à Louise Vasser, elle a suivi le mouvement en s'inventant maîtresse du libraire. N'empêche que leurs histoires sont à dormir debout, on dirait des contes pour gamins.

– Là, je ne peux pas être d'accord avec toi. Souvenez-vous par exemple de la lettre du curé Mambou. N'oubliez pas que le langage qu'utilisent les membres de la confrérie, qui peut sembler absurde, leur est exclusivement destiné, et que le but est de nous égarer.

– C'est un code bien à eux. Le curé a parlé de voler le soleil et il évoque le chant du coq. Donc, rien à voir avec l'horloge ? demanda Pelletier à Emma.

– Il parle de l'œuvre de leurs bâtisseurs, donc de Dasypodius puis de Schwilgué, parce que l'un a créé la confrérie et l'autre l'a perpétuée. Le rapport avec l'horloge est là car de nombreuses indications s'y rapportent, c'est d'ailleurs complètement stupéfiant de voir que le mathématicien et l'horloger, l'un au XVIe et l'autre au XIXe siècle, ont imaginé un parallèle entre elle et les causes de Hora est. On peut donc l'interpréter en tant que création, œuvre d'art. Mais l'œuvre est d'une autre nature. Cela concerne les enseignements d'Hermès Trismégiste et peut être relié au Grand Œuvre du domaine de l'alchimie. Tout l'indique...

– Qui est ce Hermès ? voulut savoir Antoine.

– Il faut plonger dans l'Antiquité, chez les Grecs et les Égyptiens. Trismégiste veut dire « trois fois grand ». On dit de lui que c'était un prophète doté d'une sagesse extraordinaire et qu'il serait le savant mélange du dieu grec Hermès et de la divinité égyptienne Thot. Il aurait écrit des textes ésotériques. D'ailleurs, l'alchimie du Moyen Âge a puisé ses fondements dans l'hermétisme. Mais un profane ne comprendra rien à ces manuscrits car ils sont remplis de symboles.

– Mais, quand Armel Mambou parle de celui qui veut voler le soleil pour s'enrichir, que veut-il dire ? questionna Antoine après avoir avalé une gorgée de vin.

– Je pense qu'il parle de l'individu, et nous savons maintenant qu'il s'agit de Marc Berger, qui connaît leur secret, qui veut récupérer un trésor et donc en quelque sorte détruire Hora est. Le coq, bien que perché tout au haut de l'horloge astronomique, est symbolique. Pythagore, disciple d'Hermès, en parle en disant qu'on peut l'élever mais non le sacrifier car il est consacré à la lune et au soleil. Le coq annonce l'arrivée du soleil. C'est un peu, si vous me suivez bien, une résurrection quotidienne.

– Nous vous suivons, Emma. Marc Berger, qui a assisté à une réunion de la confrérie à la maison Kammerzell, a ensuite envoyé des messages *via* d'étranges manifestations à travers la ville. Pour prévenir...

– Oui, monsieur Pelletier, c'est un type rusé. Quand il leur répond avec la petite phrase qui dit que le temps détruit toute chose, il prévient. C'est lui à présent qui domine la situation. C'est lui qui décide du temps, d'à quel moment il interviendra.

Antoine posa sa fourchette à côté de son assiette et dit :

– Sans compter le sablier qui revient à chaque fois. Et cette histoire d'ostensoir en or, tout sauf crédible.

– Tout à fait d'accord avec ça, affirma Pelletier. Marc Berger se promène avec une croix Ankh et il ne prendrait pas tous ces risques pour ce supposé objet de valeur inventé de toutes pièces par les « Hora estiens ». Il est assoiffé de puissance et convaincu qu'il est en passe d'accéder à l'immortalité. Simon Braun a bien été harcelé puis tué, mais l'enjeu est bien plus vaste. Et ceux qui sont toujours en vie sont terrorisés.

– Oui, poursuivit Emma avec ardeur. Prenons les bains municipaux et l'eau rouge. Les membres de la confrérie ignorent que Marc Berger sait. Donc, il va donner des preuves supplémentaires pour leur faire peur, pour les faire craquer. Le rouge correspond à la terre de la planète Mars associée là encore au monde hermétique et alchimique. C'est d'ailleurs pour cette raison qu'il barrera ce mot ainsi que le mot « Vérité », pour dire que l'horloge est une fausse piste.

– C'est très très intéressant, Emma, mais peux-tu me dire ce que Berger cherche concrètement ? Que veut-il prendre entre ses mains ?

– Attends, Antoine, laisse-moi continuer. Je n'ai pas encore la réponse à ça. Lorsque j'ai découvert l'existence de la confrérie puis, un peu après, son origine, beaucoup de portes se sont ouvertes. Je saisissais le double jeu de Luc Berger, les scènes théâtrales de Louise Vasser et d'Odile Reich, les manipulations séduisantes de Jojo et la grande sérénité trompeuse du curé Mambou. Quand je pense au retable du musée, au soleil à sept rayons que je retrouve sur une pierre près de l'horloge. C'est incroyable ! Et la Nef des fous, Martin Braun, Eugène Braun et le subterfuge exceptionnel du manuscrit de Wolfer !

– Respirez, ma chère Emma, chuchota Yves Pelletier qui admirait cette exaltation sincère.

– Et la tour du Bourreau qui n'est en rien choisie par hasard. Il va rendre justice. Et ce fameux jour du rayon vert. Une illumination, c'est le jour J pour Marc Berger.

– Et il ne reculera devant rien, enchaîna Pelletier qui entama son dessert.

– Oui, il est capable de tout, comme il l'explique avec son voile rouge pour attirer l'attention sur Samson qui tue le lion, Marc Berger qui empoisonne Simon Braun.

– Et les lions dans cette histoire, le rugissement ? Tu ne crois pas que c'est pour ça que Braun prend ce pseudo ?

– Parce qu'ils dissimulent le mécanisme du rugissement des lions ? Je n'y crois guère, c'est une pure légende. Mais souviens-toi du jour où nous avons rendu visite à Louise Vasser. Elle a parlé de préserver le secret. En fait, c'est le secret qui concerne les connaissances acquises et leur transmission au fil du temps. Dans cette histoire, le lion et la couleur verte ont une signification très importante. Le sable vert des sabliers n'est pas un simple caprice de monsieur Marc Berger. Le vert prend tout son sens si on l'associe au lion, car le lion vert est aussi appelé « Vitriol ».

– Quel rapport avec l'acide sulfurique ? demanda Antoine d'un air dubitatif.

– Il s'agit de sagesse, de philosophie, répondit Emma.

– D'alchimie et non de chimie, enchaîna le commissaire Pelletier qui venait de mettre un sucre dans son café.

– C'est ça, oui. « Vitriol »... Ça correspond aux initiales d'une formule latine, *Visita Interiora Terrae*, etc., qui veut dire « Visite l'intérieur de la terre, et en rectifiant tu trouveras la pierre cachée ». Et nous arrivons aux formules de la fameuse table d'émeraude et à cette phrase qui, d'après ce qu'on dit, est l'un des emblèmes de l'hermétisme.

Yves Pelletier avait quelques vagues notions en matière d'ésotérisme et avait entendu parler de ce texte bizarre qui était censé indiquer l'enseignement du fameux Hermès Trismégiste. Emma étant arrivée à la conclusion d'un lien évident entre ce texte, la confrérie et l'ambition extravagante de Marc Berger, il voulut en savoir davantage :

– Dites-moi Emma, quel est le contenu de ces formules ?

Emma se baissa pour prendre son grand sac à main et l'ouvrit. Elle en sortit des pages pliées :

– Voilà ! J'ai imprimé ça, ce matin. J'ai trouvé une traduction d'Hortulain, du XIVe siècle. Je vous la lis :

« Il est vrai, sans mensonge, certain, et très véritable : ce qui est en bas est comme ce qui est en haut ; et ce qui est en haut est comme ce qui est en bas, pour faire les miracles d'une seule chose. Et comme toutes les choses ont été, et sont venues d'un, par la méditation d'un : ainsi toutes les choses ont été nées de cette chose unique, par adaptation. Le soleil en est le père, la lune est sa mère, le vent l'a porté dans son ventre ; la Terre est sa nourrice. Le père de tout le telesme de tout le monde est ici. Sa force ou puissance est entière, si elle est convertie en terre. Tu sépareras la terre du feu, le subtil de l'épais doucement, avec grande industrie. Il monte de la terre au ciel, et derechef il descend en terre, et il reçoit la force des choses supérieures et inférieures. Tu auras par ce moyen la gloire de tout le monde ; et pour cela toute obscurité s'enfuira de toi. C'est la force forte de toute force : car elle vaincra toute chose subtile, et pénétrera toute chose solide. Ainsi le monde a été créé. De ceci seront et sortiront d'admirables adaptations, desquelles le moyen en est ici. C'est pourquoi j'ai été appelé Hermès Trismégiste, ayant les trois parties de la philosophie de tout le monde. Ce que j'ai dit de l'opération du Soleil est accompli, et parachevé. »

Mais il faut savoir qu'il y a différentes versions. La plus ancienne daterait du VIe siècle et...

– C'est quoi ces salades ?

Emma montra des signes d'agacement. Elle soupira, puis se dit qu'il fallait qu'elle insiste sur l'importance de l'enjeu de la confrérie.

– Ces salades, Chechmann, sont aux yeux de Hora est et de tous ses membres, passés, présents et certainement futurs, l'essence dans laquelle ils puisent sans relâche pour comprendre l'univers, le secret de la création. Tu as peut-être déjà entendu parler du Grand Œuvre et des opérations alchimiques qui transmutent les métaux, de la pierre philosophale. On parle également de guérison et d'immortalité. C'est bien pour ça qu'ils ont tout mis en œuvre pour que rien ne soit dévoilé. Ça vaut de l'or !

– Ah, je vois que même Emma connaît ton petit nom ! Bon, tu sembles joliment fermé au monde obscur et à ses mystères que des passionnés tentent pourtant de déchiffrer en développant leur savoir.

– Et c'est ça qui va nous donner la clé de l'énigme et nous permettre de coincer le meurtrier du lion... Je suis vert, répondit ironiquement Antoine.

– Qu'est-ce que tu peux être buté par moments. Avec Marc Berger, il te faudra imaginer ses propres interprétations de la table d'émeraude pour comprendre ce qu'il a fait et ce qu'il m'a écrit. Ou alors, tu peux chercher et avoir ta propre idée du mariage entre le haut et le bas... Ou tomber sur le sang du lion vert, l'or des philosophes, ajouta Emma, moqueuse.

Yves Pelletier sourit. Il est vrai qu'Antoine était réticent. Le lieutenant pensa un moment aux explications d'Emma. Les gens qui passaient leur vie à tenter de comprendre un langage symbolique en se triturant les méninges lui paraissaient ridicules. Mais les illusions et les rêves n'avaient sans doute pas de limites. Ceux de Marc Berger étaient doublés d'un esprit perfide et il fallait neutraliser son ambition de conquérir la gloire.

Emma, Antoine et Yves Pelletier quittèrent le restaurant vers 14 h 30. Durant le trajet du retour, tous trois restèrent silencieux. Chacun d'entre eux pensait à la mission qu'il avait à accomplir, à ses responsabilités et aux dangers qui attendaient les uns et les autres le lendemain. Emma voulait absolument être à la cathédrale avec le lieutenant. Elle savait que Marc Berger serait sensible à sa présence. Mais Pelletier devait-il lui faire prendre des risques, sachant qu'elle serait bien protégée ? Quant à Antoine, il se remémora le lundi 9 septembre quand, debout dans la nef centrale, il avait été désorienté face au crime singulier de la crypte.

Pelletier s'adressa à Antoine :

– Appelle Luc Berger tout de suite et demande-lui de se présenter à mon bureau le plus rapidement possible, en précisant que nous avons une information capitale à lui communiquer et qui le concerne directement. D'une, on va lui annoncer qu'il a un frère jumeau et de deux, il va falloir qu'il nous en dise un peu plus sur Hora est. Emma, je compte bien entendu sur votre présence.

– Bien sûr, monsieur Pelletier. J'ai des questions à lui poser.

– Je suppose qu'il sera des nôtres demain, répliqua Antoine.

– De toute façon, l'édifice sera ouvert au public du matin au soir.

Pelletier gara sa voiture à 15 h 21. La circulation avait été dense sur l'autoroute A35. À la grande surprise d'Antoine, Luc Berger était déjà assis dans le bureau de Marielle. Il était là depuis environ cinq minutes. Lorsqu'il vit le commissaire divisionnaire, l'inspecteur Meyer et Emma Parys, il se leva pour les saluer. Les traits de son visage étaient tirés et son regard traduisait de l'inquiétude. Tous les quatre s'installèrent dans le bureau de Pelletier.

– Monsieur Berger, nous avons une nouvelle de la plus haute importance à vous annoncer. Elle concerne votre vie privée, votre famille, dit Pelletier pour entamer la discussion.

– Ah bon ? Mais de quel ordre ? demanda Berger avec une appréhension visible.

– Comme vous le savez, j'ai trouvé votre alibi pour la nuit du 8 et 9 septembre un peu léger. Nous avons ainsi mené notre petite enquête en faisant appel à nos collègues de Poitiers, ville où vous êtes né un 22 mai 1961.

– Oui, c'est bien ça...

– Et nos collègues ont fini par découvrir que vous avez un frère, ajouta Antoine en fixant Luc Berger.

– Quoi ? Mais non, je suis fils unique. Qu'est-ce que vous me chantez là ? Vous devez faire erreur.

– Non, monsieur Berger, nous avons les preuves. Je peux vous montrer une copie conforme de votre acte de naissance et de celui de votre frère jumeau, qui s'appelle Marc Berger, dit Antoine calmement.

Antoine se leva et alla chercher les documents. Il les présenta au tailleur de pierre, qui était complètement perdu. Il avait su faire face aux questions de la police et il avait réussi à garder son sang-froid jusque-là ; mais cette nouvelle l'ébranla. Il s'agrippa de ses mains tremblantes aux accoudoirs de sa chaise. Ses raclements de gorge se firent de plus en plus violents, à tel point qu'il manqua d'étouffer. On lui apporta un grand verre d'eau. Il voulut en savoir davantage. Antoine lui raconta tout ce qu'il savait.

Luc Berger était blême. Il devait affronter à la fois l'existence d'un frère jumeau et le fait que ce dernier était l'assassin de son ami Simon Braun. Il chercha dans les yeux brillants d'Emma un secours, une bienveillance. La jeune femme était sensible aux sentiments qu'il éprouvait. Même Pelletier eut un pincement au cœur en voyant à quel point les choses de la vie pouvaient, en quelques secondes, métamorphoser l'être humain et l'installer dans une fragilité morbide. Il se leva et posa sa main sur l'épaule droite de Luc Berger, dont le corps pantelant ne réagit que timidement :

– Monsieur Berger, je comprends fort bien à quel point cela doit être difficile à accepter. Malheureusement, nous devons tout faire pour arrêter Marc Berger car tant qu'il parcourt Strasbourg, pour le moment de manière invisible, prêt à tout, il y a danger. N'oubliez pas qu'il se balade avec un poison qui ne laisse aucune chance de survie et promet une mort foudroyante.

Mais Luc Berger était dans son monde à lui, dans des images du passé qui, par dizaines, défilaient dans les profondeurs de sa mémoire, des mots, les sourires d'une mère attentionnée, les airs sombres d'un père un peu sévère. Il cherchait un indice, une toute petite trace qui aurait pu le mener vers cet autre lui qui avait vécu comme un reclus. Mais quel père avaient-ils eu tous les deux ? Un despote qui n'avait pas hésité à faire souffrir son épouse, son fils Marc et lui aujourd'hui. Madame Moreau ! Une inconnue ! La seule chose qui le reliait à cette vérité soudaine, c'était cette mélancolie insondable qui émanait de sa mère. Et dire que Marc voulait le rencontrer, après toutes ces années, toutes ces recherches, et qu'il avait changé d'avis en épiant les membres de la confrérie. Quelle monstrueuse méprise ! Et comment accepter maintenant d'avoir à combattre un frère inconnu ? Et Hora est, dont il fallait préserver l'énergie et l'avenir ! Marc savait-il tout ? Il songea un instant à Simon, attendant près de la statue et suivant celui qu'il croyait être Ad lucem, lui-même. Marc lui avait-il dit la vérité juste avant de l'empoisonner ? Comment supporter l'idée que Simon ait passé ses derniers moments dans une tourmente horrible, celle de se voir empoisonné par l'un de ses meilleurs amis ? Un véritable cauchemar !

Les pensées effrayantes de Luc Berger furent interrompues par Antoine :

– Monsieur Berger, nous savons à présent que votre frère Marc veut s'emparer d'un... appelons ça un trésor... et qu'il sera sans aucun doute à la cathédrale puisqu'il a écrit un gentil petit mot à Emma Parys dont il veut faire sa reine. N'oubliez pas qu'il connaît l'existence de votre confrérie, il a assisté en cachette à l'une de vos réunions secrètes et il prétend pouvoir obtenir la puissance et l'immortalité en prenant cet or qu'il veut tenir entre ses mains. Il est prêt à détruire l'horloge pour l'intérêt et la valeur qu'elle représente. Sa dernière phrase s'adresse à Emma, c'est la suivante : « Vous serez délivrée le jour du rayon vert. » Donc pas d'ostensoir, pas de gloire pour un supposé rugissement de lions, mais autre chose. De quoi s'agit-il, monsieur Berger ?

– Ce que je peux vous dire, inspecteur Meyer, c'est que nous ne cherchons pas la gloire. Le jour où cet homme...

Luc Berger inspira profondément et poursuivit :

– Mon frère jumeau... a entendu notre conversation dans notre antre de la maison Kammerzell, ce qu'il a entendu, il ne l'a pas compris.

– Du langage symbolique, traduisit Emma en attendant une réponse plus précise.

– Oui, nous avons tellement pris l'habitude d'utiliser notre langage propre.

– Ce soir-là, vous avez parlé, selon vos dires, du trésor de la cathédrale. Je saisis fort bien que votre frère ait pu l'interpréter à sa façon, mais pour vous, que dit ce code ? questionna l'élue de Marc Berger.

– Depuis sa création, vous l'avez compris, l'un des principes de Hora est consiste à rester dans un monde fermé pour éviter les ignorants et les gens mal intentionnés. Nous adhérons aux préceptes inscrits sur la table d'émeraude et attribués à Hermès Trismégiste. Nous tentons de suivre son enseignement même si nous n'avons pas encore tout déchiffré.

– Trismégiste, le trois fois grand, compléta Emma. Et lors de cette réunion, avez-vous cité des mots ou des phrases de ce texte, ou quoi que ce soit qui serait susceptible de pousser votre frère à agir comme il l'a fait ?

– Laissez-moi réfléchir, ça remonte au mois de juin... Je crois que Louise a parlé de la connaissance en tant que gloire parfaite qui amenait l'homme vers la lumière. Et Jojo a dit que toute évolution était possible, mais qu'il fallait beaucoup de patience. Et Simon... je ne sais plus... attendez... il a dit quelques mots sur l'horloge parce que nous discutions du temps qui passe et...

– Essayez de vous souvenir. Quels mots ? insista Antoine.

– Je suis désolé, je ne me souviens pas des mots exacts, mais en fait Simon voulait simplement dire que l'horloge était une pure merveille pour laquelle il avait une grande admiration.

– Donc si je vous suis bien, monsieur Berger, Simon Braun a été tué par erreur. L'erreur de Marc Berger, qui confond la richesse d'un enseignement et un trésor palpable qui lui apporterait en fait tout ce qu'il désire. Il connaissait le point faible de Braun, l'horloge. Il a donc menacé de la détruire mais votre ami n'a pas cédé, exposa le lieutenant avec ferveur.

– D'ailleurs il en parle dans sa lettre qui m'est adressée. Il veut briser les flèches d'Apollon et de Diane. Les deux statues se trouvent de part et d'autre du cadran du temps apparent, un cadran qu'il veut faire éclater.

Yves Pelletier se leva et croisa ses bras derrière le dos :

– Vous et vos amis êtes donc concentrés entre autres sur le secret de la création. L'alchimie et la transmutation des métaux, ce n'est pas pour vous. Votre but n'est pas de faire de l'or.

– C'est exact. Quant à l'immortalité, c'est pour nous tout simplement la continuité de la connaissance à travers les siècles, une connaissance de plus en plus fine qui conduirait à un équilibre parfait. Nous ne sommes pas des crapules ni des sorciers. Nous n'organisons pas de messes sataniques et nous ne sommes pas là pour conspirer dans le but de dominer l'humanité. Il n'y a pas non plus chez nous de rites d'initiation ni de hiérarchie. Chacun des membres de Hora est fait ses propres expériences et nous nous réunissons pour en parler. À nos yeux, l'être humain est une façon d'être parmi d'autres. Nous cherchons à accéder à des connaissances occultes, à les transmettre pour parvenir un jour à une harmonie parfaite.

– Le problème, c'est que Marc Berger n'a pas la même vision de la puissance et de l'immortalité que vous. Ses intentions sont claires et il se fout des conceptions et des idéaux de votre confrérie. Par ailleurs, vous savez comme moi que la destruction de l'horloge serait terrible à bien des égards, et catastrophique pour bien des personnes, insista le commissaire Pelletier.

– Bien entendu. Je suis prêt à vous aider. Je ne vais pas rester assis là. Si au moins je pouvais parler à ce frère, cet inconnu qui débarque dans ma vie de cette façon.

– Visiblement, il ne veut pas d'une quelconque discussion. Il se manifestera à un moment donné et nous serons là pour l'arrêter et mettre fin à ses agissements, indiqua Antoine fermement.

Le lieutenant Meyer invita Luc Berger à signaler la moindre tentative de son frère à entrer en contact avec lui ou avec ses amis de la confrérie. Le tailleur de pierre quitta les locaux de la police judiciaire. Il retourna à son travail en tentant d'alléger son esprit tourmenté, mais il subissait chaque coup porté au grès rose avec le ciseau à pierre. Il avait l'impression que sa tête heurtait la roche, faisant résonner les doutes et le désarroi qui le hantaient. Demain, Jojo irait avec lui à la cathédrale. Le curé Armel Mambou serait également présent avant son départ pour le Congo, prévu le mercredi suivant. Luc avait demandé à Odile et à Louise de rester chez elles, mais elles avaient refusé.

Luc Berger décida de ne pas parler de l'existence de son frère jumeau : il n'en voyait pas la nécessité pour le moment. Il était déjà tard quand il rentra chez lui. Il déambula sans but, passa devant le palais des Rohan, longea la rue de la Râpe et s'arrêta devant la maison de Cagliostro. Il esquissa un sourire en pensant à ce comte italien du XVIIIe siècle qui avait osé faire fortune en vendant une potion magique promettant l'éternité. Un soupir succéda à son sourire lorsqu'il entra dans la rue des Écrivains. Luc Berger s'accrocha à ce qui pouvait lui apporter sérénité et lucidité, sa foi en la confrérie et les missions qui lui incombaient. La sagesse lui imposait de penser avant tout à protéger le secret de Hora est. Une confiance en soi infinie gagna son âme lorsqu'il quitta la rue du Tonnelet-Rouge pour se rendre dans son appartement de la rue des Juifs.

★

Marc Berger avait déjà quitté son studio meublé, celui qu'il avait loué sous un faux nom. Il ressentait d'ores et déjà ce plaisir à dominer. À l'insu de tous, il s'était installé pour la nuit dans le refuge qui se trouvait sur la plate-forme de la cathédrale, à une hauteur de soixante-six mètres. Il avait profité de la foule d'un samedi fiévreux et d'un anonymat total, le dernier avant son entrée fracassante parmi les grands de ce monde. Alors que les allées et venues étaient surveillées, alors qu'on cherchait l'homme qui ressemblait à l'autre, ce double commun et ignoré, Marc Berger utilisait ses talents de dissimulation qui faisaient de lui un travesti au-dessus de tout soupçon.

L'attente des premières lueurs de l'aube du dimanche était palpable. On s'évertuait à tuer le temps. Certains étaient nerveux à l'approche de cette journée et leur cœur battait déjà plus vite, comme des horloges décalées dont les rouages s'emballaient. D'autres s'occupaient à imaginer avec minutie tout ce qui pouvait advenir, un rayonnement vert exceptionnel qui engendrerait un miracle ou de nouvelles manifestations de celui qui mettait Strasbourg en alerte.

Chapitre 12

À 6 h 59, Charles Hammer coupa deux tranches de brioche et versa du café dans sa tasse du dimanche. Il posa son journal sur la petite table en formica. En page de couverture, il y avait une photo du vitrail représentant Juda. Charles lut en entier l'article qui détaillait le déroulement de la journée dans la cathédrale, retraçait les grandes lignes de l'histoire de l'édifice et décrivait l'ambiance de la ville et l'état d'esprit des Strasbourgeois. Après le petit déjeuner, Charles fit sa toilette et prépara son habit du dimanche. Il avait le temps : la messe ne commençait qu'à 9 h 30.

Suzanne Kintz, la femme de ménage du presbytère, dormait paisiblement avec son mari au Hohwald, dans une chambre d'hôtes qui faisait partie d'une immense ferme. Ils avaient décidé de prendre quelques jours de repos. Aujourd'hui, ils avaient prévu de déjeuner dans une ferme auberge. Même s'ils n'étaient qu'à une quarantaine de kilomètres de la capitale alsacienne, ils étaient loin des tracas et des ombres qui y planaient. Ils savouraient ces belles journées mêlées d'allégresse et d'insouciance.

Pour le prêtre André Bur et l'intendant de la cathédrale René Fechter, il en allait tout autrement. Mus par une indicible peur, ils avaient prié dès le lever du jour pour demander la protection de Dieu et l'arrestation du coupable. Le curé Bur repensait à ce matin du 9 septembre, et la vision de Simon Braun couvert de taches noires le rendait infiniment triste. René vérifia minutieusement si tout était prêt.

Alors que Charles savourait son café, Antoine discutait avec ses collègues dans la nef centrale, à hauteur de la chapelle

Saint-Laurent. Leurs échanges, dont l'endroit imposait que le niveau sonore reste bas, ressemblaient à des conciliabules. Malgré une certaine tension, ils étaient tous prêts à remplir leur mission et à mettre à profit leurs compétences pour arrêter Marc Berger. Dehors, les forces de l'ordre étaient en place pour parer à toute difficulté. Les yeux perçants du lieutenant Meyer sondaient le moindre mouvement. Anis et Valérie se trouvaient dans la chapelle Saint-Laurent. Michel guettait le moindre bruit et vérifia l'abside. Nicolas marcha le long de la nef centrale et examina le narthex. La cloche en si bémol 3, celle qui annonçait les quarts d'heure, venait de sonner.

Emma se tenait devant le pilier des anges, à côté de l'horloge astronomique. En levant la tête, elle en contempla l'audace architecturale. Elle aperçut le visage du Christ et l'ange s'apprêtant à sonner le jugement dernier, couchés dans une mystérieuse pénombre. Emma se souvint des explications de Luc Berger, de sa vision du monde à travers la confrérie dont le but était de prendre conscience de la capacité de l'humain à éclairer sa pensée en développant ses connaissances. Une intelligence limpide et une volonté de comprendre le sens du texte attribué à Hermès Trismégiste : c'était après tout une belle cause qui, malheureusement, ne faisait pas partie des théories de Marc Berger. Emma regarda autour d'elle et la cathédrale lui parut tout à coup hostile. Elle sursauta en voyant un homme accoudé à la balustrade de la cantoria où se tenaient autrefois les chantres. Elle haussa les épaules, se disant à elle-même qu'il ne s'agissait que d'un simple buste en pierre. Mais elle savait aussi qu'elle représentait un appât qu'on utiliserait pour attirer l'homme dans le piège. Il n'était pas question de rebrousser chemin. Sa curiosité dépassait son appréhension. Elle était persuadée que Marc Berger savait quelque chose qu'elle ignorait. Ce n'est pas pour rien qu'il lui avait écrit que la confrérie avait menti. Il avait parlé de tromperie et d'indices. Elle avait beaucoup de mal à croire que ce secret s'arrêtait aux arguments avancés par le tailleur de pierre.

Exceptionnellement, les portes du portail occidental n'ouvraient qu'à 9 heures. Toutes les autres entrées demeuraient fermées ainsi que la montée vers la plate-forme. Luc Berger venait de franchir la sacristie, dont l'entrée était filtrée. S'introduire dans la cathédrale en empruntant le passage désormais moins secret aurait été inutile et impertinent, d'autant plus qu'il devait être surveillé. Le tailleur de pierre avait les traits tirés et un teint blafard. Il marcha en direction d'Emma et la salua aimablement tout en se raclant la gorge. Tous deux rejoignirent le lieutenant Meyer, qui vérifiait si tout était en ordre dans la chapelle Sainte-Catherine. Ils se dirigèrent vers la chaire de Geiler, là où le célèbre prédicateur prononçait autrefois des sermons caustiques et inflexibles. Luc Berger montra à Emma le petit chien qui se trouvait sur le côté de l'escalier en lui expliquant que la tradition voulait que le toucher portât bonheur. La jeune femme caressa la petite bête en souriant, sous l'œil intrigué de l'artisan qui venait de repérer son grain de beauté en forme de cœur.

Yves Pelletier regarda la pendule pour la énième fois depuis qu'il avait franchi la porte de son bureau. Bien sûr, il avait passé un certain nombre de dimanches à travailler, lorsque la situation l'exigeait. Il était persuadé qu'en faisant appel à Emma Parys, il avait accéléré la progression de l'enquête. Mais il appréhendait cette journée. La jeune femme avait compris qu'elle pouvait avoir un impact sur Marc Berger. Elle avait dit au commissaire qu'elle était incapable d'attendre tranquillement dans un coin alors qu'Antoine et ses collègues allaient au-devant du meurtrier. Mais Yves

Pelletier savait qu'on ne pouvait pas anticiper toutes les réactions d'un homme tel que Berger. Par le passé, il avait eu quelquefois affaire à des gens comme lui, déséquilibrés par les circonstances de leur vie et prêts à jouer les combattants pour vaincre la fatalité. Il comptait sur les qualités d'Antoine pour veiller à la protection d'Emma.

Peu avant 9 heures, Pelletier reçut un appel de Meyer. Rien à signaler pour le moment. Des nuées de gens attendaient l'ouverture de la cathédrale. Des photographes préparaient leur matériel. À la tête de groupes de touristes, des guides pilotaient les opérations. Des explications multilingues faisaient du parvis une agora internationale.

À 9 h 15, la grande sonnerie annonça la messe de 9 h 30 en suivant le code musical prévu. Arrivèrent les premiers visiteurs, les fidèles et les hôtes inhabituels. Un bourdonnement lancinant s'éleva vers la voûte de la nef. Les chaises alignées se remplirent tandis que l'organiste, dissimulé derrière le buffet orné d'or, de bleu, de rouge et de vert, entamait de manière admirable la *Toccata* en si mineur d'Eugène Gigout. Les cantiques et le chant grégorien n'avaient pas de secret pour les choristes. La messe suivait le cours d'un temps ordinaire. Kyrie, Gloria, Credo, Pater, Sanctus, Agnus Dei. On chanta, on baissa la tête en signe de recueillement, on pria, on écouta un passage de l'évangile selon saint Matthieu, qui finissait par « Ainsi les derniers seront les premiers, et les premiers seront les derniers ». L'homélie de l'archiprêtre imposa le silence, laissant la voie libre aux résonances du mystère de l'eucharistie qui montaient vers les arcades immenses de l'abside. Lors de la consécration, les prêtres prièrent pour les vivants et les morts. On cita Simon Braun, puis on leva les yeux vers la voûte en s'adressant à Jésus couronnant Marie, aux anges, aux saints, aux ancêtres du Christ et de l'Église. Charles Hammer était assis au dixième rang côté sud et regardait le curé Bur, debout dans le chœur à côté de la grande croix dorée.

Antoine, quant à lui, se tenait debout, bras croisés, au fond de la nef. Il avait aperçu le visage angélique et la chevelure blonde d'Odile Reich. Le curé Mambou était là aussi, qui avait dit quelques mots à Emma et à Luc Berger, puis avait pris place dans les premiers rangs.

Après la messe, les gens se dispersèrent. C'était l'ouverture des visites. Nombreux étaient ceux qui contemplaient l'édifice et les prouesses des virtuoses de l'horloge. Certains parcouraient les bas-côtés et la nef, en quête d'un avertissement quelconque. D'autres encore sollicitaient la providence et l'apparition du rayon vert transcendant. Aucun incident n'était à signaler. Sur la plate-forme, des touristes prenaient des photos et s'exclamaient devant la vue imprenable.

Anticipant l'arrivée des gêneurs, Marc Berger avait gravi les marches qui menaient à la grande tour, inaccessible au public. Personne ne pouvait le voir ni l'entendre, il avait appris le silence et la sécurité du repli volontaire. Tout de noir vêtu, assis sur le plancher en bois, il ajusta son bonnet pour recouvrir une partie de son front haut. Tout comme son frère, il avait ce nez aquilin et ces épais traits disgracieux. Du noir de ses yeux, plus noir encore que celui de son jumeau, émanait l'appétence glauque d'un charognard. Grâce à la puissance suprême qu'il était à deux doigts d'acquérir, son père serait puni et personne ne pourrait plus lui faire de mal.

La veille, avant de se mêler aux visiteurs, il avait glissé un petit billet sous la porte de l'appartement de son frère. « Assez joué. Demain je veux ce qui me revient. Sans quoi c'est la fin. » Un face-à-face, quoi de mieux pour créer un choc de ce calibre ! Ce cher Luc Berger ne pouvait pas manquer le rendez-vous. D'ailleurs, il devait déjà être dans la cathédrale, à errer comme un pauvre malade. Il y aurait bien sûr ce Meyer et sa troupe, mais le calme plat finirait par les faire partir. Et Emma serait là, elle viendrait pour lui. Attendre alors le bon moment. Attendre. Un peu encore...

★

À 12 h 24, le soleil transperça le pied de Juda. Parti du triforium sud, le faisceau vert traversa la nef et éclaira le christ en croix. Une félicité fugace imprégna les croyants. Les amateurs d'art et d'architecture saluèrent l'ingéniosité du créateur du vitrail. Quant à Emma, elle ne put s'empêcher de faire un lien entre ce rai vert, la clairvoyance associée aux lignes de conduite de la confrérie et l'émeraude représentant la matière des sages.

On entendit un bruit sourd vers le milieu de la nef. Un enfant, échappant au contrôle de ses parents, avait fait tomber deux chaises. Une femme d'un certain âge, assise tout près, s'était exclamée de stupeur. Valérie, postée en sentinelle derrière un pilier, vint à son secours. Elle l'aida à se lever et lui tendit la canne qui lui servait d'appui. L'enfant espiègle eut droit à une remontrance paternelle et fit mine de se repentir en rentrant ses épaules.

La faim vida la cathédrale. Les collègues d'Antoine se relayèrent pour prendre un casse-croûte à la sacristie. Puis, ce fut à son tour. Emma et Luc Berger allèrent le rejoindre. Le masque de la peur couvrait le visage du tailleur de pierre, dont le mutisme fit réagir le lieutenant Meyer :

– Qu'y a-t-il, monsieur Berger ? Vous ne vous sentez pas bien ?

– Je suis fatigué. Et je me sens très nerveux. Quand va-t-il surgir ? Que va-t-il faire ?

– Nous n'en savons rien. Pour l'instant, il n'a montré aucun signe. À croire qu'il se fout encore de nous tous.

– Il sera forcément là à un moment donné. Pour me voir et parce qu'il pense me contraindre à lui donner le fameux trésor.

– Écoutez, je n'ai pas la moindre envie de jouer aux devinettes ou d'apprendre les codes du soleil à sept rayons. Veuillez déballer ce que vous savez...

– Lorsque je suis rentré chez moi hier soir, j'ai trouvé un mot de mon frère.

Il sortit le papier de sa poche et le tendit à Antoine. Marc Berger comptait donc bien intervenir aujourd'hui. Pourtant, il n'y avait pour le moment pas la moindre alerte.

– Et qu'en disent vos amis de la confrérie ?

– Personne n'est au courant de l'existence de mon frère. C'est déjà assez compliqué comme ça. J'ai croisé Odile et Armel, à qui j'ai demandé de repartir après l'office. Leur présence est inutile.

– Et Jojo et Louise ?

– Ils ne viendront pas. Jojo est parti en week-end avec ses enfants à Paris et Louise a trop peur de mettre les pieds ici.

Emma était résolue à solliciter encore Luc Berger pour obtenir d'autres confessions sur le grand secret de Hora est :

– Luc, je crois qu'il est grand temps pour vous de nous dire ce que vous cachez réellement. Détrompez-vous si vous pensez que ma candeur avale vos paroles d'évangile. Pour la faire courte, j'en ai franchement marre. Vous nous servez une sauce qui me semble plutôt indigeste. Les grands principes de la table d'émeraude, c'est très beau. L'unité de la matière, l'union de l'homme à l'univers... Mais ça n'intéresse pas Marc Berger.

– J'en conviens, madame Parys.

– Et vous êtes donc en mesure de nous dire ce qu'il veut...

Emma avait pris un ton rude. Elle marchait de long en large. Antoine était surpris par cette impatience, mais il la laissa faire : lui aussi en avait assez de cette mascarade.

– La philosophie de votre confrérie est tout à fait louable. Votre alchimie est d'une autre dimension. Elle sollicite ma curiosité. Vous voulez en fait convertir l'impur en pur, transformer l'insignifiant en signifiant, l'infâme en honorable. Le bas et le haut, la matière première, celle de l'être humain. La tâche est colossale, n'est-ce pas ?

– Notre responsabilité est immense. Nous sommes fidèles à un absolu, mais nous devons rester cachés car à être connus, nous serions suspects. Et probablement considérés comme des relais vers le charlatanisme et la confusion.

– Oui, j'avais bien compris. Mais décidément, vous persistez à brouiller les cartes. Braun est mort parce qu'il a voulu protéger la transmission de vos connaissances. Je trouve ça très limité. À moins que vous ne teniez dans vos mains le secret de la création, de l'invisible et des deux mondes...

– Ce que j'aimerais, c'est que mon frère Marc comprenne qu'il est toujours possible de se reconstruire. Mais il est tellement dans l'ignorance et l'aveuglement que je crains le pire. Il n'a que faire d'une métamorphose alchimique et de nos connaissances.

– Ce que j'aimerais, c'est qu'on le trouve et qu'on l'arrête, répliqua Antoine.

– *Ora pro nobis*, enchaîna Emma.

– Quoi ? demanda Antoine.

– Priez pour nous, répondit Emma. Si la vérité ne vient pas à moi, il va falloir que je la cherche auprès de Marc Berger. Il semble qu'il ait pour moi une grande affection.

Emma avait besoin de prendre l'air. Elle fit une halte devant le mont des Oliviers et ses personnages taillés dans la pierre, puis emprunta le bas-côté nord pour sortir par le portail occidental. Malgré ce début d'automne, des parasols parsemaient encore la place de la Cathédrale. Il faisait chaud. Un ciel radieux laissait place à cette alliance particulière entre ombre et lumière qui régnait dans l'édifice. Là-bas, le jour et la nuit se confondaient et formaient des images surprenantes. Un monde qui vacillait entre le réel et l'illusion s'animait. Les vitraux s'embrasaient, lançaient les ombres de leurs héroïnes sur les murs ou s'éteignaient avec l'astre endormi. Tout se jouait là. Les saints, les diacres, la justice, la charité, le jugement de Salomon, les souverains, la résurrection, le baptême du Christ, les noces de Cana, la nativité. Et là-haut, à cent mètres, Marc Berger était totalement insensible aux bêtes formant les gargouilles tout comme à l'histoire du grand ange rose.

On avait informé Yves Pelletier tout au long de la journée : aucun incident à signaler. Rien. Le commissaire était rentré chez lui vers 18 h 30, au grand bonheur de son épouse.

À 18 h 58, le téléphone portable du commissaire sonna. L'écran affichait « AM ». Antoine lui dit qu'il était persuadé que Marc Berger allait se manifester et lui parla du billet laissé au tailleur de pierre. Les portes de la cathédrale allaient fermer et il avait décidé d'y rester avec Emma et Luc Berger, qui connaissait l'endroit comme sa poche. Des hommes en faction attendaient à l'extérieur, prêts à intervenir. Pelletier donna son aval. Il aurait fait pareil. Mais depuis qu'il avait été blessé lors d'une arrestation musclée, il se contentait de faire travailler son cerveau et de ménager son corps.

Une fois les portes de la cathédrale fermées, un silence oppressant pesa dans les airs. À présent que la police n'avait plus à prendre en charge la protection des personnes, le lieutenant avait le champ libre pour forcer l'empoisonneur à sortir de sa caverne. Antoine demanda à Luc Berger de lui montrer les endroits où aurait pu se cacher son frère. Avec Emma, ils avancèrent prudemment vers la chapelle Saint-Laurent. Sur l'un des vitraux, il y avait un singe avec deux cornes et des oreilles pointues. Au fond, il y avait une trappe qu'ils ouvrirent. Une descente raide menait vers un souterrain qui faisait la taille de la chapelle. Antoine s'y aventura et alluma la torche. Il n'y avait personne.

Puis, Luc Berger emmena ses acolytes dans la chapelle Saint-Jean, au nord du chœur. Les yeux ouverts du gisant de l'évêque Conrad de Lichtenberg firent tressaillir Emma. Elle remarqua le lion qui était couché à ses pieds. Tous trois montèrent à l'étage et longèrent un couloir. Une porte conduisait à une salle, une ancienne sacristie composée de six travées. Une odeur de renfermé s'engouffra dans leurs narines. Quelques vieux chandeliers et des cierges jaunes qui avaient perdu leur parfum de cire dormaient dans l'oubli. Tout était immobile.

On visita l'abside et la galerie qui se trouvait au-dessus. Emma ouvrit les portes qui menaient à des escaliers à vis. Excluant le moindre murmure, on respira d'un souffle fort discret.

Il n'y avait personne non plus dans la chapelle Saint-André. La galerie de la Cantoria restait silencieuse, gardant pour elle la mémoire des cantiques entonnés par les chantres qui, autrefois, suivaient l'office de là-haut. Alors que les deux hommes étaient redescendus, Emma cassa énergiquement le vide sonore :

– Vous n'êtes pas au rendez-vous, monsieur Marc Berger !

L'écho de sa voix ne fit pas trembler les masques et les grimaces des clefs de voûte, mais parvint aux oreilles de l'intéressé. Elle avait prononcé son nom. Comment savait-elle ? C'était cet Antoine Meyer qui avait fouillé dans le passé de Luc. Quel emmerdeur, il gâchait tout.

Désorienté, l'homme traqué se força à reprendre ses esprits. Il toucha la croix ankh suspendue à son cou et la serra dans sa main gauche pour y puiser l'énergie nécessaire. Antoine était retourné dans la nef et passait en revue les confessionnaux empreints de l'aveu des péchés, mais vides de toute âme. Pendant qu'Emma marchait à pas feutrés vers les escaliers qui menaient à la crypte, Luc Berger s'orienta vers l'horloge et décida de gravir les marches de l'escalier en colimaçon.

Il surgit de nulle part et l'empoigna par le cou avec une force terrible. Sous le choc, Luc resta figé. Il ne pouvait pas voir le visage de son frère jumeau, mais sentait son corps plaqué contre le sien. Ils ressemblaient à des spectres, deux masses noires attachées l'une à l'autre par un destin féroce. Marc se racla la gorge et ordonna :

– Allez, petit frère, tu vas gentiment descendre avec moi et me conduire au trésor que je convoite.

– Marc, sois raisonnable, il n'y a pas de trésor ici.

Marc plaqua son frère contre l'escalier, puis le retourna violemment. Les deux hommes se firent face. Leurs yeux ressemblaient à des braises écarlates. Que de désarroi et de révolte, que de peine et de transe vengeresse. L'aigreur de l'air s'engouffra dans leurs gorges. Luc poussa un cri lugubre qui circula dans l'édifice, poussant Antoine à s'embusquer et Emma à le rejoindre devant la chapelle Sainte-Catherine. À son passage, le buisson ardent formé par les bougies vacilla.

– Il tient son frère en otage. Il va lui demander de lui montrer où est le fameux trésor, dit Antoine à voix basse.

– Et tu peux être sûr qu'il a du poison sur lui, c'est une arme redoutable. Luc doit être pétrifié. Il faut qu'on le sorte de là.

– Attends, Emma, tu ne vas pas te mettre en danger.

– Je sais me défendre. Quelques enchaînements de frappes et il en aura pour son grade. N'oublie pas que je suis premier dan, je sais affronter l'obscurité et la peur. Et de toute manière, il ne va pas me faire de mal puisqu'il veut me sacrer reine.

– Pour le moment tu ne bouges pas. C'est un ordre.

– OK, Chechmann !

Antoine secoua la tête. Faire de l'humour dans un moment pareil... Sacré bout de femme ! Le lieutenant réussit à se cacher derrière le pilier des anges. Il s'adressa au malfrat :

– Écoutez Berger, on ne va pas perdre notre temps. Nous savons qui vous êtes et que vous avez tué Simon Braun. Votre frère n'a rien fait et il n'y a aucune fortune à prendre dans ces lieux. Relâchez Luc, vous n'avez aucune chance.

– Cheeeeeer lieutenant Meyer, c'est vous qui perdez votre temps. Vous m'avez fait votre petite surprise du jour. Eh oui ! Je suis bien monsieur Marc Berger, celui qui va tous vous dominer. D'ailleurs, mon cher frère va me montrer le chemin du succès. N'oubliez pas que j'ai sur moi assez de calphorbia pour tous ceux qui voudront me barrer la route.

– OK, calmez-vous, monsieur Berger.

– Où est la douce Emma ?

– Laissez-la tranquille.

– Ah ! Seriez-vous jaloux, mon pauvre Meyer ? Vous n'avez pas assez de trempe, elle mérite mieux que vous.

Antoine vit les deux hommes devant l'horloge. Intervenir était trop risqué pour Luc car pour son horrible frère, utiliser la bague à poison était un jeu d'enfant. Emma avait réussi à s'approcher un peu. Elle se camoufla pour écouter la conversation et finit par s'asseoir à même le sol... Luc tenta à nouveau de calmer son frère :

– Marc, nous savons que notre père était un salaud. Ce qu'il t'a fait est impardonnable, mais nous n'y sommes pour rien. Et à présent que nous nous sommes retrouvés...

– Arrête de me prendre la tête. Que sais-tu de ma vie ? Tu es aussi crétin que ton copain Braun. As-tu raconté au lieutenant que toi et tes amis du soleil à sept rayons n'avez pas cessé de mentir ? Les sept marches des lumières de la formule d'émeraude...

– Tu dérailles complètement.

Marc Berger empoigna à nouveau son frère pour le tétaniser de plus belle et le faire craquer. Puis, il déclara :

– La création, les connaissances, la sagesse, comprendre le visible et l'invisible, aller vers la perfection humaine, vous avalez tout ce blabla qui serait l'unique et grande cause de Hora est. Vous êtes bien crédules. Mais je suis certain que la belle Emma a quelques doutes.

Marc Berger ricana avec cynisme. Intriguée, la jeune femme se releva et voulut d'abord avancer vers le pilier. Tout voir, mais ne pas être vue. Elle pensa aux conseils d'Antoine et resta finalement au même endroit. Le tueur de la crypte reprit son discours :

– Mon bien-aimé frangin va vous dire ce que sa petite troupe cache vraiment. Allez, parle-leur de la table d'émeraude...

Une nouvelle menace d'empoisonnement décida Luc Berger à cracher un bout de vérité :

– La confrérie Hora est détient la table d'émeraude depuis 1571.

– Quoi ? osa Emma, très bas, le cœur battant.

La table d'émeraude ne serait donc pas qu'un symbole, mais existerait véritablement. Malgré le danger, c'était incroyablement palpitant. Mais qui disait la vérité ? Quant à Antoine, il ne baissait pas la garde et les histoires de mystères, de textes codés et d'opérations subliminales n'étaient pas sa priorité, bien qu'il soit intrigué par ce que venait de dire Luc.

– Eh oui ! La parade de l'horloge ! Elle a bon dos, l'horloge. Moi je ne l'aime pas, ce vieux truc devant lequel des milliers de gens bavent d'admiration. Alors mon cher Luc, elle est où, cette table d'émeraude ? Arrêtons de jouer à cache-cache ou je fais sauter le temps !

– Ce serait inutile. Et cette table n'est précieuse que si elle sert à nous enseigner le génie de son créateur. Elle amène un pouvoir spirituel. Il n'y a ni or ni fortune. Et si tu crois un instant que tu vas être immortel, tu...

– Tais-toi ! Inutile de chercher à me baratiner. L'or, c'est le pouvoir sur les hommes et l'éternité.

Puis, il s'adressa à sa promise :

– Chère Emma, je suis la lumière. Les portes vont s'ouvrir pour nous. Je t'offrirai une robe or et pourpre et nous porterons la couronne somptueuse. J'invoque la puissance. Elle me tend les bras vers un au-delà. Je bannis le chemin des ténèbres, je dominerai le monde. Mon savoir sera sans égal. Je serai le roi, tu seras ma reine. Ils voulaient garder le trésor dans les abysses de leurs illusions. Mais je briserai les sept rayons de leur soleil.

Le jeu d'ombre et de lumière composait une scène fantasmagorique, opposant cruellement deux hommes dont un visage était le calque de l'autre. Marc força Luc à avancer. Antoine se tenait à quelques mètres d'eux. Pourtant, il ne pouvait toujours pas intervenir : le risque était trop élevé. Il les regarda s'éloigner vers la nef et les suivit, en compagnie d'Emma qui le talonnait. Marc Berger hurla :

– Où est-elle ?

– Là-bas, répondit Luc en tentant de se débattre. Dans la salle du Petit-Trésor, ajouta-t-il en indiquant le flanc sud.

– Certainement pas, j'ai déjà visité l'endroit.

*

C'était un soir sans charité. Attendre qu'il défaille ou le provoquer. Alors que Luc Berger se sentait dans une impasse, il usa de son imagination et de la folie de son frère pour lui tendre un piège. Il décida de tout miser sur les pensées démoniaques d'un père qui avait isolé Marc dans un monde incohérent et hostile.

Quant à Antoine, il était prêt à entrer en scène à tout moment. Il était attentif à chaque réaction d'un homme qui était aux abois. Il devait prendre un maximum de précautions pour ne pas le conduire vers l'irrémédiable solution, celle de tuer à nouveau.

La chance voulut, qu'à cet instant, le ciel strasbourgeois se couvrît d'une épaisse et sombre couche nuageuse et que le vent se mît à hurler. L'édifice se remplit d'ombres fantomatiques qui s'enlisaient dans le néant. Les rafales battaient telles des ailes géantes. Un éclair traversa les vitraux. Un coup de tonnerre de fin de monde roula des cieux. Luc Berger s'adressa à son frère avec toute l'emphase nécessaire pour convaincre :

– Mais ce que tu ne sais pas c'est que notre père est le diable et qu'il te faudra le combattre pour obtenir le trésor. Il t'a fait croire que tu étais damné pour t'écarter car tu l'aurais dominé. Il est là. Il est partout. Dehors sur le portail, près des vierges folles, c'est le beau tentateur, dans la chapelle Saint-Laurent, c'est le singe du vitrail avec ses cornes et ses oreilles pointues. Il est là-bas, au jugement dernier, à la porte de l'enfer avec ses yeux rouges et sa queue de serpent. Ne sens-tu pas son souffle qui monte dans les airs ? Après, je te conduirai à la table d'émeraude.

Les yeux noirs de Marc Berger luisaient d'un éclat malfaisant. Il se sentait armé pour combattre ce père, pour l'anéantir définitivement. La cathédrale devenait pour lui une arène où il triompherait de tout. Il bouscula son frère, qui ressemblait à un pantin suspendu aux ficelles du sort. Mais le guignol concentra ses efforts sur ses talents de tragédien. Tels des chocs électriques, les mots de Luc finirent par faire leur effet. En l'espace de quelques minutes, Marc sombra dans le délire et la confusion. Mu par la valeur que lui accordait son frère jumeau et drogué par la fureur, il emmena Luc vers l'escalier qui menait à la plate-forme. L'orage entamait un crescendo sans pareil et chacune des 332 marches intensifiait la tension. Ils firent une première halte sur un palier d'où l'on apercevait une porte en bois, puis reprirent leur souffle un peu plus haut, près d'une porte en fer qui conduisait vers un chemin de ronde. La montée devenait ardue. Leur respiration était haletante et leurs corps, chargés d'une tension continue. Pourtant, rien n'arrêtait l'accomplissement d'un châtiment longtemps contenu. Marc pressa le pas, donnait des coups dans le dos de son frère et lui flanqua une lampe torche dans les mains pour les éclairer. Les deux hommes s'engouffrèrent dans les hauteurs opaques. Antoine et Emma les suivaient prudemment en faisant peu d'efforts ; leur bonne condition physique les avantageait. Ils approchèrent tous quatre de la grande tour. Mais l'ascension n'était pas terminée.

L'unique obsession de Marc Berger consistait à présent à éliminer le mal :

– Je dois anéantir le diable, je n'aurai alors plus peur de rien. Je dois briser toutes les chaînes, je serai libre de tout. Que mon père soit damné, que ma mère se taise à jamais !

La longue montée s'acheva sur la plate-forme de la flèche, à 132 mètres d'altitude. Le vent faisait voler les trombes d'eau de l'orage. L'homme en noir leva les bras vers les reflets funèbres qui dansaient dans les airs. Luc en profita pour se libérer des griffes de son frère ; il recula tout en lui répétant que les choses allaient s'arranger, qu'il serait enfin libre et que sa force était plus grande que celle d'un père diabolique. Antoine se tenait à présent à côté de Luc. Chaque instant et chaque mouvement comptaient. Les cœurs d'Emma, d'Antoine, de Luc et de Marc battaient les secondes de l'engrenage du temps.

Soudain, il y eut un calme divin. Pour Marc Berger, c'était le signe de la délivrance. La divine providence était intervenue en sa faveur. Il avait vaincu le traître ; la lutte interminable et infernale prenait fin. Cette forme d'apaisement le transfigura. Il se jeta corps et âme dans une jouissance parfaite qui fit bientôt place à une transe démesurée. Traversé de convulsions, son corps brûlant fumait.

Antoine s'avança vers lui. Il saisit son bras et réussit à immobiliser l'homme en le plaquant contre le mur, mais c'était le réveiller de sa transe. Une force quasi herculéenne permit à Marc Berger de se dégager. Il prit l'avantage en collant le visage d'Antoine contre la pierre dans le but de lui administrer une dose de calphorbia. Au même moment, on entendit la voix d'Emma. La jeune femme se tenait à côté de Luc.

– Marc, je suis là, vous n'êtes plus seul désormais. Je sais où se trouve la table d'émeraude. Vous allez pouvoir entrer dans la gloire. Votre nom sera dans la mémoire des hommes et je serai votre reine.

Cet appel à la puissance, au bonheur et à l'amour détourna un instant l'attention de Marc, ce qui permit à Antoine de le repousser violemment. Marc tenta de se retourner et de se précipiter sur l'inspecteur Meyer, mais celui-ci se baissa pour saisir les jambes de l'empoisonneur. Marc

Berger finit par perdre l'équilibre. Sa tête heurta la pierre. Son visage tomba sur sa main droite. La bague s'ouvrit et l'aiguillon perça la lèvre.

Toujours à terre, il voulut se débattre en agrippant le chèche d'Antoine. Il vit son frère Luc lui prendre le bras et l'entendit parler de pardon, de compréhension et d'avenir. Il entendit la voix douce d'Emma. Elle était là, à ses côtés. Il lui dit quelques mots incohérents. Alors qu'Antoine restait sur ses gardes, Emma répéta au mourant que tout à l'heure, il pourrait tenir entre ses mains la table d'émeraude, l'un des plus grands trésors de l'humanité. Les premières taches noires apparurent sur son front. Ses yeux semblaient implorer l'indulgence, une rémission de la peine encourue. Il esquissa un sourire avant la paralysie et crut entendre le Lacrimosa du *Requiem* de Mozart. « Oh ! Jour plein de larmes, où l'homme ressuscitera de la poussière. Cet homme coupable que vous allez juger. Épargnez-le, mon Dieu ! Seigneur, bon Jésus, donnez-lui le repos éternel. Amen. »

Le cauchemar était terminé. Le tailleur de pierre regarda son frère jumeau et les taches noires qui l'envahissaient. Après quelques instants de recueillement, il se leva et quitta la plate-forme. Il pensa à ce frère qu'il n'avait pas connu, avec lequel il aurait pu partager des bouts de vie. Tout en descendant les marches, il se sentait perdu. Il pleura. Il arpentait les dédales d'un passé terrifiant et imagina ce que Marc et leur mère avaient dû subir. Emma et Antoine le suivirent sans prononcer le moindre mot.

Une fois dans la sacristie, tous trois se relâchèrent et s'aidèrent mutuellement en exprimant ce qu'ils ressentaient. Au bout d'un moment, Antoine sortit respirer la légèreté délicate de l'air qui, certains jours, suit l'orage. Le lieutenant dénoua son chèche et alla à la rencontre de ses collègues dont la vigilance avait été permanente. Puis, il informa Pelletier qui le félicita chaudement.

Emma pensait aux croyances surnaturelles de Marc Berger. Il en avait usé pour éliminer les ravages du passé. Cet homme était persuadé qu'il pouvait être immortel en détenant la table d'émeraude. Pour lui, c'était comme boire de l'or potable pour être transformé et vivre à jamais. Il n'était plus à juger, la mort l'avait acquitté. La jeune femme se retourna et admira la grâce du grand ange rose. Elle pensait aux parents infâmes de Marc et Luc Berger, qui avaient jeté un fils dans un précipice sentimental et qui ne seraient jamais condamnés.

Comme chaque soir, la cloche de 22 heures sonna le couvre-feu. Emma n'espérait pas que l'artisan de la pierre lui dise où se trouvait la table d'émeraude. Quelques grammes d'intuition la guidèrent dans la recherche d'une vérité subsidiaire, lui faisant gagner sans doute des heures de raisonnement. Elle foudroya Luc Berger du regard et lui dit :

– Dites-moi, cher Luc, le pouvoir de la richesse spirituelle est une bien belle chose. Mais on dirait qu'il manque un morceau de vérité. Comme le dit le texte de la table d'émeraude, il est vrai, sans mensonge, certain et très véritable... Vous comprendrez à quel point je suis curieuse de connaître votre vérité, celle de Hora est. Si j'ai bien saisi, la confrérie a été créée le jour où la table d'émeraude a été découverte...

– Oui ! Dasypodius ne l'a pas fondée pour se protéger, ni pour préserver le présumé rugissement des lions. D'après ce que nous savons, il aurait trouvé la table d'émeraude dans la crypte, mais nous ignorons à quel endroit. Avec les horlogers Josias et Isaac Habrecht, ainsi que son assistant David Wolkenstein, il a ensuite caché la table. Nous pensons que le passage secret servait déjà à cette époque puisque Martin Braun, qui avait racheté la maison Kammerzell, avait rejoint la confrérie. La table d'émeraude était en lieu sûr, c'était l'essentiel, puis...

– Elle existe donc réellement, enchaîna Emma. Le rêve est permis ! Et il me plaît.

– Je sais que c'est difficile à croire. Mais finalement, pour nous, c'est mieux : rien ne pouvait éveiller les soupçons jusqu'à l'arrivée de cet homme qui était mon frère.

– Et vous avez détourné tout le monde vers l'horloge et ses légendes.

– Comment pouvions-nous deviner ce que Marc avait réussi à découvrir ?

– Et après Dasypodius ?

– La confrérie n'a jamais cessé de maintenir sa raison d'être. Ses membres étaient renouvelés au fil des années et tous étaient et sont d'une fidélité totale et permanente. Lorsque le groupe de personnes qui la composaient estimait que cela était nécessaire, la table était cachée ailleurs. Son immense valeur demandait une attention particulière et constante. Hora est a donc continué à vivre à travers les siècles pour préserver le secret.

– Pourquoi ?

– Pour éviter qu'elle ne tombe entre les mains de gens comme Marc, prêts à tout pour gagner l'immortalité et la domination. Vous savez comme moi que cette table représenterait une vraie fortune pour bon nombre de personnes. Elle ferait aussi l'objet de bien des convoitises car il y aurait toujours des gens persuadés qu'elle a des pouvoirs surnaturels. Nous ne pouvons pas prendre le risque de la laisser entre les mains de gens insensés et dangereux. Quant aux membres de Hora est, ils ne cherchent pas l'abondance matérielle. Je vous rappelle que le contenu de la table vise à nous faire comprendre l'univers et à améliorer l'humanité, expliqua Luc en baissant les yeux. À travers les âges, des personnes ont pris la relève. Et nous avons fréquemment inventé des histoires à travers des manuscrits ou des objets.

– Et pourquoi le soleil à sept rayons ?

– La raison en est simple. Rien à voir avec du mysticisme. Les membres de la confrérie devaient toujours être au nombre de sept.

– Mais qu'a entendu Marc lors de votre fameuse réunion du 10 juin ?

– Lors de notre précédent rendez-vous, Jojo avait proposé de déplacer la table d'émeraude. C'était en quelque sorte devenu une tradition. Schwilgué, en son temps, l'avait déplacée tout comme l'avaient fait l'orfèvre Eugène Braun et d'autres après lui.

– Mais pas vous !

– Non. Lors de notre discussion, nous avions eu des effusions sentimentales en parlant notamment des richesses que l'enseignement du texte de la table pouvait apporter. Je peux imaginer ce que mon frère a cru comprendre en écoutant notre langage, avec des mots comme immortalité, puissant et or. Quand je pense qu'il me cherchait et que son but premier était de me rencontrer... Quel gâchis !

– C'est son ignorance qui a entraîné sa perte. Il ne voulait pas la béatitude céleste, il voulait la célébrité et la reconnaissance de tous. Mais avez-vous finalement caché la table ailleurs ?

Luc Berger hésita un instant. Enveloppé dans une innocence infantile, son visage s'adoucit et son regard joua l'espièglerie. Son art du déguisement était perceptible.

– Oui, mais c'est tout récent.

– Il y a quand même quelque chose qui me chiffonne. Vous dites que vous êtes toujours sept. Il manque quelqu'un. Où se cache-t-il ?

– Toujours garder une porte de sortie...

– Très astucieux, et c'est le mystérieux inconnu qui a caché la table...

– Gagné ! Mais inutile de la chercher. Vous ne la trouverez jamais.

Emma n'avait pas l'intention de se lancer à la poursuite de la table d'émeraude, même si elle ne fermait pas la porte à des investigations futures. Le jeu de la dissimulation mené de main de maître par les membres de Hora est avait appris à Emma qu'à ce point de l'histoire, la vérité n'était que partielle. Il manquait une part à cet univers de la table d'émeraude. Cette part devait être de taille, dépassant le pouvoir de la raison humaine et l'entendement. Elle pensa à son père. C'était là sa priorité. Retrouver ses traces, le serrer dans ses bras et partager des moments de bonheur. Elle se donnait le droit de croire à une réalité pour le moment inconcevable.

ÉPILOGUE

Le lendemain, l'air respirait le soulagement général. La confrérie et la table d'émeraude ne furent pas citées dans les annonces officielles. Seuls quelques rares privilégiés connaissaient un bout de vérité. Mais seuls six d'entre eux étaient proches de l'absolu. Et c'était mieux ainsi.

Dans l'ordinaire du quotidien, chacun reprit le cours de son existence après les remerciements, les embrassades et l'admiration qui conviennent à certaines circonstances de la vie. Des moments que l'on voudrait éternels tant ils peuvent tout à coup rassembler et rendre tolérant. Des moments où des amitiés se découvrent sans équivoque. Des moments de paix qui réjouissent les cœurs.

Quelques jours plus tard, Maxime Holst, l'employé de la librairie Argentoratum, se tenait devant l'horloge astronomique. L'impassible mécanique des rouages égrenait les perles du temps. Comme d'autres, le jeune homme attendait le défilé des apôtres. Au premier chant du coq, il leva la tête. Il souriait de satisfaction. La table d'émeraude dormait dans son nouveau nid. Le soleil, amputé d'un rayon, engendrerait bientôt le rai manquant. Fluorescents et couchés dans l'onde originelle, les mots du dernier verset de l'immémoriale table d'émeraude, qui ne figuraient dans aucune version écrite ou publiée, contenaient le secret de la création. Alors que le langage codé des premiers versets dévoilait à ceux qui savaient le déchiffrer une partie de l'immensité de l'univers et de son organisation, alors que les membres d'Hora est avaient toujours transmis leurs connaissances entre eux pour les faire évoluer vers un meilleur équilibre, ce dernier verset donnait la mesure de leurs responsabilités d'humains. Un dernier verset avec un sens à peine caché, dont la révélation aurait un impact sans pareil sur l'histoire de l'humanité. Quelques rares personnes détenaient cette vérité qui ouvrait les portes des limites humaines. Quelques rares personnes savaient et, depuis cinq siècles, elles puisaient dans les talents de l'auteur de la table d'émeraude en utilisant le mystère, les symboles et l'alchimie pour entrer dans un autre monde, bien plus impénétrable tant il demandait d'efforts à ceux qui en avaient perçu les balbutiements. Mais puisque le temps semblait sans fin, tout était possible.

Le grand ange rose de Strasbourg dominait paisiblement les rues de Strasbourg. La belle rosace ouvrait la fenêtre de son univers magique. Elle ressemblait à une fleur de printemps dont les pétales, animés par la lumière, diffusaient une alchimie de couleurs.

ÉDITIONS WARTBERG

Cette nouvelle collection de polars régionaux permet à un large public de découvrir des écrivains confirmés mais méconnus. À l'instar des polars qui peignent le monde des Amériques, d'Asie ou de Scandinavie, leurs œuvres évoluent dans des cadres sociétaux français qui aiguisent la curiosité. Avec une intrigue se situant dans un coin de France, des personnages typiques et des lieux inspirés de la réalité, ces polars séduisent autant les amateurs de livres que les amoureux de la région. Qu'ils soient marseillais, bretons, toulousains, alsaciens, normands ou lyonnais, ces polars vous offrent un regard nouveau sur votre ville et/ou votre région d'origine. Pour le plaisir de la lecture et de la découverte.

Des **auteurs** qui aiment leur région et qui aiment la mettre en scène !

Hervé Mestron
Marionnettes
ISBN : 978-3-8313-2829-1

Jean-Charles Fauque
Iris picarde
ISBN : 978-3-8313-2827-7

Jérôme Maufras
Vierge noire
ISBN : 978-3-8313-2825-3

Pascal Hérault
La Mort en souvenirs
ISBN : 978-3-8313-2828-4

Françoise Bachmann
Le Grand Ange rose de Strasbourg
ISBN : 978-3-8313-2826-0

D'autres titres de la collection **Zones Noires** sont en vente et en préparation.
Pour plus d'informations, retrouvez-nous sur notre site :
www.editions-wartberg.com

Éditions Wartberg | Un département de
Wartberg Verlag GmbH & Co. KG.
Im Wiesental 1
34281 Gudensberg-Gleichen
Allemagne

Diffusion – Distribution SOFEDIS
11, rue Soufflot,
75005 Paris
Tél. 01.53.10.25.25
Fax 01.53.10.25.26